把孩子抱回家

Cilla Naumann

[瑞典] 希拉·瑙曼 著

Bära barnet hem

徐昕 译

中国国际广播出版社

# "北欧文学译丛"
# 编委会

主 编

石琴娥（中国社会科学院外国文学研究所）

副主编

徐 昕（北京外国语大学欧洲语言文化学院）

编 委

（以姓氏汉语拼音为序）

李 颖（北京外国语大学欧洲语言文化学院芬兰语专业）
王梦达（上海外国语大学德语系瑞典语专业）
王书慧（北京外国语大学欧洲语言文化学院冰岛语专业）
王宇辰（北京外国语大学欧洲语言文化学院丹麦语专业）
余韬洁（北京外国语大学欧洲语言文化学院挪威语专业）
赵 清（北京外国语大学欧洲语言文化学院瑞典语专业）

# 绚丽多姿的"北极光"

## ——为"北欧文学译丛"作的序言

石琴娥

2017年的春天来得特别地早，刚进入3月没有几天，楼下院子里的白玉兰已经怒放，樱花树也已经含苞待放了。就在这样春光明媚、怡人的日子里，我收到中国国际广播出版社文史编辑部主任张娟平女士打来的电话，想让我来主编一套当代北欧五国的文学丛书，拟以长篇小说为主，兼选一些少量有代表性的短篇小说、诗歌等，篇目为50—80部左右。不久之后，中国国际广播出版社的王钦仁总编辑和张娟平主任又郑重其事地来到寒舍，对我说，他们想做一套有规模、有品位的北欧文学丛书，希望能得到我的支持，帮助他们挑选书目、遴选译者，并担任该丛书的主编。

大家知道，随着电子阅读器和智能手机的普及，越来越多的人通过电子设备来阅读书籍。在目前的网络和数码时代，出现了网络文学、有声书和电子书，甚至还出现了人工智能创作的作品，纸质书籍受到极大冲击，出版纸质书籍遇到了很大困难。有的出版社也让我推荐过北欧作品，但大都是一本或两本而已，还有的出版社希望我推荐已经过版权期的作品，以此来节省一些成本。而中国国际广播出版社却希望出版以当代为主的作品，规模又如此之大，而且总编辑又亲临寒舍来说明他们的出版计划和缘由，我被他们的执着精神和认真态度所感动，更被他们追求精神品位的人文热情所感动。我佩服出版社的魄力和勇气。面对他们的热情和宝贵的执着精神，我怎能拒绝，当然应该义不容辞地和他们一起合作，高质量、高品位地出好这套丛书。

大家也许都注意到，在近二三十年世界各国现代化状况的各类排行榜上，无论是幸福指数，还是GDP或者是人均总收入，还是环境保护或者宜居程度，从受教育程度和质量、医疗保障到养老、失业等社会保障，还有从男女平等到无种族歧视，等等，北欧五国莫不居于世界最前列，或者轮流坐庄拿冠夺魁，或是统统包圆儿前三名，可以无须夸张地说，北欧五国在许多方面实际上超过了当今世界霸主美国，而居于当今世界发达国家最前列，成为世界现代化发展中的又一类模式。

大家一般喜欢把世界文学比作一座大花园，各个时期涌现出来的不同流派中的众多作家和作品犹如奇花异葩、争妍斗艳。北欧文学是这座大花园里的一部分，国际文学中，特别是西欧文学中的流派稍迟一些都会在北欧出现。北欧的大自然，由于地理位置、自然环境和气候条件，没有小桥流水般的婀娜多姿，而另有一种胜景情致，那就是挺拔参天、枝叶茂盛的大树，树木草地之间还有斑斓似锦的各色野花和大片鲜灵欲滴的浆果莓类。放眼望去，自有一股气魄粗犷、豪放、狂野、雄壮的美。北欧的文学大花园正如自然界的大花园一样，具有一股阳刚的气概、粗豪的风度。它的美在于刚直挺立、气势崴嵬。它并不以琴瑟和鸣般珠圆玉润和撩拨心弦的柔美乐声取胜，却是以黄钟大吕般雄浑洪亮而高亢激昂的震颤强音见长。前者婉转优雅、流畅明快，后者豪迈恢宏、气壮山河。如果说欧洲其余部分的文学是前者的话，那么北欧文学就是后者。正如鲁迅所说，北欧文学"刚健质朴"，它为欧洲文学大花园平添了苍劲挺拔的气魄。以笔者愚见，这就是北欧五国文学的出众特色，也是它们的长处所在。

文学反映社会现实。它对社会的发展其功虽不是急火猛药，其利却深广莫测。它对社会起着虽非立竿见影却又无处不在的潜移默化作用。那么，北欧各国的当代文学作品是如何反映北欧当代社会的呢？它对北欧各国的现代化发展是不是起了推动促进作用了呢？也许我们能从这套丛书中看到一些端倪。

北欧五国除了丹麦以外，都有国土位于北极圈或接近北极圈。北极光是那里特有的景象。尤其到了冬天夜晚，常常能见到北极光在空中闪烁。最常见的是白色。当然有时也能见到五彩缤纷、绚丽多姿的北极光。北欧五国的文学流派众多，题材多样，写作手法奇异多姿，犹如缤纷绚丽的北极光在世界文坛上发光闪烁。

北欧包括 5 个国家：丹麦、芬兰、冰岛、挪威和瑞典。讲起当代的北欧文学，北欧文学史上一般是从丹麦文学评论家和文学史家勃朗兑斯（Georg Brandes，1842—1927）于 1871 年末在丹麦哥本哈根大学所作的《十九世纪文学主流》算起，被称为"现代突破"。从 19 世纪的 1871 年末到目前 21 世纪的 2018 年近 150 年的时间里，一大批有才华的作家活跃在北欧文坛上。在群英荟萃之中，出现了几位旷世文豪，如挪威的"现代戏剧之父"亨利克·易卜生，瑞典文学巨匠——小说家、戏剧家斯特林堡和荣获诺贝尔文学奖的第一位女作家、新浪漫主义文学代表塞尔玛·拉格洛夫，丹麦1944年诺贝尔文学奖获得者约翰纳斯·维尔海姆·延森和芬兰的批判现实主义作家约翰·阿霍等。"北欧文学译丛"拟以长篇小说为主，间选少量短篇作品，所以除了易卜生，因其作品主要是戏剧外，其他几位大家的作品我们都选编进了本系列。这些巨匠有的是当代北欧文学的开创者，有的是北欧当代文学中各种流派的代表和领军人物，都是北欧当代文学中的重要作家，他们的作品经历了时间考验。

在北欧文坛中，拥有众多有成就有影响的工人作家是其一大特色。有的还获得了诺贝尔文学奖，成为世界级的大文豪。这些工人作家大多自身是农村雇工或工人，有过失业、饥饿或其他痛苦的经历，经过自学成为作家。他们用笔描写自己切身的悲惨遭遇，对地主、资产阶级剥削和压榨写得既具体细腻，又深刻生动。正是他们构成了北欧20世纪以来现实主义文学的主流。在这些工人作家中最突出的有丹麦的马丁·安德逊·尼克索和瑞典的伊瓦尔·洛-约翰松等。对这些在北欧文坛上占有重要地位的工人作家的作品，我们当然是不能忽略的，把他们的代表作选进了这套丛书之中。

除了以上这些久享盛誉的作家外，我们也选了新近崛起的、出生于1970和1980年代的作家，如出生于1980年的瑞典作家乔安娜·瑟戴尔和出生于1981年的挪威作家拉斯·彼得·斯维恩等。他们的作品在北欧受到很大欢迎，有的被拍成电影，有的被搬上舞台。这些作品，虽然没有经历过时间的考验，但却真实地反映了目前北欧的现状，值得收进本丛书之中。

从流派来看，我们既选了现实主义作品，也不忽略浪漫主义、超现实主义和意识流的作品，力求使读者对北欧当代文学有个较为全面的印象。从作家本人的情况看，我们既选了大家公认的声誉卓越的作家的作品，也选了个别有争议作家的作品，如挪威作家克努特·汉姆生，他是现代挪威、北欧和世界文坛上最受争议的文学家。他从流浪打工开始，1920年成为诺贝尔文学奖得主，晚年沦为纳粹主义的应声虫和德国法西斯占领当局的支持者，从受人欢呼的云端跌入遭国人唾骂的泥潭，而他毕竟是现代主义文学和心理派小说的开创者和宗师，在20世纪现代文学中扮演了承上启下的转型角色。我们把他的"心理文学"代表作《神秘》收进本丛书。这部作品突破传统小说的诸多常规要素，着力于通过无目的、无意识的内心独白，以及运用思想流、意识流的手法来揭示个性心理活动，并探索一些更深层次的人生哲理。1978年诺贝尔文学奖得主、美国作家艾萨克·辛格说："在我们这个世纪里，整个现代文学都能够追溯到汉姆生，因为从任何意义上他都是现代文学之父……20世纪所有现代小说均源出汉姆生。"我们把这个有争议作家的作品选入我们的丛书，一方面是对北欧和世界文学在我国的译介起到补苴罅漏的作用，另一方面也可进一步了解现代文学的来龙去脉，以资参考借鉴。

总之，我们选材的宗旨是：把北欧各国文学史中在各个时期占有重要地位作家的代表作收进本丛书。虽然本丛书将有50—80部之多，但是同150年的时间长河和各时期各流派的代表作家和作品之多比起来，这些作品还是不能把所有重要作家的作品全部收入进来。譬如瑞典作家扬·米尔达尔（Jan Myrdal，1927— ）是20世纪60年代中期出现的一种新兴文学——报道文学的代表人物之一，他的《来自中国农村的报告》（1963）成为当时许多国家研究中国问题的必读参考材料，被译成十几种文字多次出版。尽管他的这本书因材料详尽、内容真实、记载细腻而风靡一时，但在这套丛书中，不得不割爱，而是选了其他在国际上更为著名的瑞典作家作品。

本丛书中的所有作品，除了极个别以外，基本都是直接从原文翻译，我们的目的是想让读者能够阅读到原汁原味的当代北欧文学。同英语、俄语、法语等大语种翻译比起来，我们直接从北欧语言翻译到中文的历史不长，译者亦不多，水平不高，经验也不足，译文中一定存在不少毛病和欠缺之处，望读者多多包涵，也请读者给我们提出宝贵的建议和意见，便于我们改进。

本丛书能够付梓问世，首先要感谢中国国际广播出版社社长张宇清先生和总编辑王钦仁先生，没有他们坚挺经典文化的执着精神和开拓进取的勇气，这部丛书是不可能跟读者见面的。我还要感谢本书所有的编委，是他们在成书过程中做了大量工作，从选材、物色译者到联系有关国家文化官员和机构，都付出了辛勤的劳动。不仅如此，他们还亲自翻译作品。没有他们的默默奉献和通力合作，这部丛书是难以完成的。在编选过程中，承蒙北欧五国对外文化委员会给予大力帮助和提供宝贵的意见，北欧五国驻华使馆的文化官员们也给予了热情关怀，谨向他们致以衷心的感谢。对编选工作中存在的疏漏和不足，还望读者们不吝指正。

2018 年 6 月
于北京潘家园寓所

石琴娥，1936年生于上海。中国社会科学院外国文学研究所北欧文学专家。曾任中国－北欧文学会副会长。长期在我国驻瑞典和冰岛使馆工作。曾是瑞典斯德哥尔摩大学、丹麦哥本哈根大学和挪威奥斯陆大学访问学者和教授。主编《北欧当代短篇小说》、冰岛《萨迦选集》等，为《中国大百科全书》及多种词典撰写北欧文学、历史、戏剧等词条。著有《北欧文学史》《欧洲文学史》(北欧五国部分)、"九五"重大项目《20世纪外国文学史》(北欧五国部分)等。主要译著有《埃达》《萨迦》《尼尔斯骑鹅旅行记》《安徒生童话与故事全集》等。曾获瑞典作家基金奖、2001年和2003年国家图书奖提名奖、第五届(2001)和第六届(2003)全国优秀外国文学图书奖一等奖、安徒生国际大奖（2006）。荣获中国翻译家协会资深荣誉证书（2007）、丹麦国旗骑士勋章（2010）、瑞典皇家北极星勋章（2017）等。

# 译　序

《把孩子抱回家》(*Bära barnet hem*)讲的是一个"母亲"的故事，作者希拉·瑙曼（Cilla Naumann）用了25年才把它讲完。

1990年，希拉·瑙曼第一次登上从瑞典斯德哥尔摩飞往哥伦比亚波哥大的飞机，目的是成为一名母亲——她要去领养她的第一个儿子亚当。在飞机上，她开始记日记，打算把它写成一个故事，来讲述一个家庭历史的起点。

2014年，她又去了一趟波哥大，带着她的儿子亚当去跟他的亲生母亲马格达见面。《把孩子抱回家》就是围绕这一趟旅行展开的。这是希拉·瑙曼的第一部自传体小说。

对于这样一个背景框架，相信很多读者在脑海里已经有了大致的故事设定。然而当我读到这部小说的时候，它的丰富性和细腻感还是大大超出了我的意料。不是每个人都会有这样特殊的人生经历，但我相信每个人都能在这部小说中找到自己的影子，即便作为一名男性读者，故事的每一个细节也能让我感同身受。

在主线故事之外，这部小说还有一条平行的线索。那是一个叫安娜的女孩。她一出生就被母亲遗弃，从小在修道院长大，成年后在各种家庭当保姆，照顾年幼的孩子。她渴望成为母亲，因此希望被她照顾的孩子永远都不要离开她。而雇主家街对面孤儿院门口发生的场景，又在不断地撕扯她内心的伤口。

"我"的故事和安娜的故事交替出现,仿佛融合在了一起,然而事实上,从头到尾它们都没有任何交集。

这是一部关于"母亲"的小说,母亲的类型格外多元:失去了自己孩子的母亲、收养别人孩子的母亲、遗弃孩子的母亲、跟被遗弃的孩子相见的母亲、每年去孤儿院见一次孩子却又不把孩子带回家的母亲、年迈失忆的母亲、不了解孩子的母亲、想拥有别人孩子的母亲、在孤儿院门口迎接孩子的母亲、害怕失去孩子的母亲……在命运的洪流中,在那些隐秘的角落里,每一位母亲都是一个矛盾体。

小说的主人公一直在寻找一种"身份认同":"我"和马格达,究竟谁才是亚当的母亲?如果"我"是孩子的母亲,那么眼前这个娇小的女人,她又是谁?这种身份认同上的迷惘,常常是通过一些不经意的细节突然跳出来的。比如从丹麦回瑞典的路上,只因边防站的工作人员问了一句"这是谁的孩子",突然间,那个夏夜就变得不再是蓝色,在那之后的每一次外出度假,都成了"我"的一个心结。再比如,"我"的家族成员的大脚趾旁都有着同样的凸起,这个特点在"我"的鞋子上留下了印记,尽管有段时间"我"跟亚当穿同样大小的鞋子,但是他的鞋子却被他的脚塑造成了完全不同的形状。就是这样无处不在的细节,不知道什么时候就会冒出来,将"我"和我们击中。

就像很多文学作品一样,这部小说也在追问"我从哪里来"的问题。每个人都在寻找自己的身份。安娜一直试图从她有限的出生记录中寻找、还原自己生命的历史。她担心哪怕是仅有的这点记录,也有可能存在偏差。那样的话,她对母亲所有的想象都有可能是错的,这让她有一种被抛弃的无助感。而"我"写日记的初衷,就是为了给亚当、给自己、给家庭留下文献资料，让那些空洞、未知和不完整永远都可以得到追溯。

同样，这部小说也在探讨"我要去哪里"的问题。18岁的安娜离开了修道院，却不知道自己的归宿在哪里。当她赚了钱之后，搬进了一套属于自己的公寓。在那里，她一个人睡，睡在自己的床上，有自己的床单，有生以来第一次拥有一扇上锁的门。她向雇主提的要求是，每天一定要回自己的公寓住，无论她多么疲惫，无论要赶多远的路。因为那是真正属于她自己的家。在见到了亲生母亲马格达之后，亚当要去实施自己在哥伦比亚的冒险，而"我"则要独自回瑞典的家，回到"我"另外两个同样也是被领养的孩子那里，回到"我"自己的母亲那里。

也许从把孩子抱回家的那一刻起，所有的母亲就开始不断地失去孩子。

这也是一个关于"孤独"的故事。成年后的安娜重访儿时的修道院，当年一起长大的孩子们都离开了，就连他们的面目都是模糊的，只留下了一个群像；儿时的茅房不见了，取而代之的是厕所；当年住的大厅被拆掉了；在电锯的咆哮声中，院子里那些熟悉的刺槐树倒在了地上。悲伤就像一个毁灭一切的巨浪，涌进了她的心里。安娜心中的归宿消失了，她成了一个没有历史的人。与此同时，在"我"的心里也有一片属于自己的温暖明亮的沙滩，记忆常常会不知不觉把"我"带去那里。在沙滩上，"我"松掉了妈妈的手，当"我"回过头时，她已经不在了……也许我们每一个人，在离开母体之后，终将孤零零地面对整个世界。

在提到波哥大这座城市的时候，作者多次用到"镜子之城"这个词。"镜子之城"源自哥伦比亚作家加夫列尔·加西亚·马尔克斯的经典作品《百年孤独》："这座镜子之城——或蜃景之城——将在奥雷里亚诺·巴比伦全部译出羊皮卷之时被飓风抹去，从世人记忆中根除，羊皮卷上所载一切自永远至永远不会再重复，因为注定经受百年孤独的家族不会有第二次机会在大地上出现。"用哥伦比亚作家笔下的"镜子之城"来形容该国首都，应该不只是希拉·瑙曼的随意之笔。在《把孩子抱回家》这部小说中，哥伦比亚是瑞典的镜像，波哥大是斯德哥尔摩的镜像，马格达是"我"的镜像。尽管种族不同、肤色不同、家境不同；地理气候不同、自然风光不同、社会风貌不同、政治文化不同……但是他们都从对方身上看到了自己的影子。在很多瑞典人看来，波哥大是世界上最不安全的城市之一，然而对于一个迫不及待想要成为母亲的人来说，危险之地也变得光芒四射。瑞典被很多人认为是世界上生活水平较高、社会开明平和的国度，然而主人公"我"却在成为母亲的那个夜晚，在电视里目睹了一起发生在瑞典的射杀移民事件，那个原本田园牧歌般的家乡，从此在心里不复存在。此时母亲的意义，超越了种族和地理的界线，成了人类共有的情怀。"镜子之城"让我们从多维的角度看到了社会的现状和自己的内心。

希拉·瑙曼是一位近年来十分活跃的瑞典作家。她生于1960年，是瑞典最大报纸之一《今日新闻》的记者。她于1995年开始出版小说，处女作《水心》（*Vattenhjärta*）即获得瑞典凯达普奖（Katapultpriset）最佳新人作品奖。她至今一共出版了14部小说。2008年，希拉·瑙曼获得瑞典"九人协会"冬季奖（Samfundet De Nios Vinterpris）；2009年和2012年，两度获得瑞典奥古斯特文学奖（Augustpriset）提名。《把孩子抱回家》出版于2015年，获得瑞典广播电台小说奖（Sveriges Radios

Romanpris）提名。作为译者，能有机会将这位作家和这部作品介绍给中国读者，我感到非常荣幸。希望通过希拉·瑙曼的作品，大家对瑞典当代文学尤其是女性文学有一个更加直接的了解。在此特别感谢主编石琴娥老师独具慧眼地将这部小说收入"北欧文学译丛"项目。由于时间仓促，翻译过程中定有不少错漏之处，也恳请各位读者海涵。

徐昕<br>2020 年 2 月

徐昕，瑞典文学翻译家，主要译著有：长篇小说《斯特林堡的星星》《爬出窗外并消失的百岁老人》，中篇小说《密室》《鸟小姐在巴黎》等。

献给伊内兹（Inez）、爱德华（Edvard）、阿克塞尔（Aksel）以及约翰（Johan）

# 目　录

2014 年，波哥大 / 001
马格达

波哥大·波哥大 / 002

波哥大 / 007

安　娜 / 008
星期三　06:30

安　娜 / 016
星期三　06:50

波哥大 / 024
20 世纪 90 年代

斯德哥尔摩 / 026
2014 年

波哥大 / 028
第一次旅行

安　娜 / 032
07:25

安　娜 / 037
07:45

安　娜 / 040
08:00

波哥大 / 047
第一次旅行

斯德哥尔摩 / 056
第一次旅行之后

安　娜 / 060
08:55

斯德哥尔摩 / 073
2014 年

波哥大 / 077
2014 年

安　娜 / 087
09:10

波哥大 / 103
2014 年

安　娜 / 109
09:25

安　娜 / 116
10:30

安　娜 / 124
10:30

波哥大 / 135
2014 年

波哥大 / 146
2014 年

安　娜 / 149
12:55

安　娜 / 162
13:00

波哥大 / 174
2014 年

安　娜 / 178
13:10

波哥大—斯德哥尔摩 / 184
2014 年

安　娜 / 189
15:05

波哥大—斯德哥尔摩 / 194
2014 年

安　娜 / 196
20:35

波哥大—斯德哥尔摩 / 201
2014 年

斯德哥尔摩 / 204
2014 年

## 2014年，波哥大

马格达

我们是在西波哥大那座巨大的汽车站分手的。山峦沉默地围绕着我们，天空下着雨。我们在出租车的后排座上挤了很久，我们三个全都挤在那里。可现在她独自一人朝那些汽车走去。她右手拎着那个大塑料袋，在一个个水洼间绕行。她那黄色的裤子在灰暗的天空下显得很亮。她看上去很小，就像一个小姑娘。那种感觉又上来了，仿佛她是孩子，而我们——我的儿子亚当和我——是她的父母。这会儿她要进站了，我们将跟她挥手告别。

这并非一场特别具有戏剧感的告别仪式，她没有转过身来。我们站在那里看着她的背影，直到她消失在候车大厅里。

当出租车拐进博雅卡大街汹涌的车流时，我最后一次回过头去。可是我却再没有看到她。

## 波哥大·波哥大

我的衣橱中有一个纸袋子，插在摄影师伦纳特·尼尔松[1]《一个孩子的诞生》那本书里，袋子里放着最后一次超声检查影像报告单的一份副本，报告单上的照片已经有些泛白了。从照片上方的空白处仍然可以读出那是1989年4月，但没有注明是哪一天。

在日期那行字的下面，飘浮着一个亮亮的东西，在一个灰暗的袋子里面，旁边可能是某种脐带类的东西。在这个亮亮的东西上面，有一个小小的、圆圆的黑点，可能是眼睛，但也可能是打印机的一个墨滴，或是超声仪里的一个污渍。

这张图上有好多东西无法知晓——但这个黑点还是变成了一只眼睛。如果看到了眼睛，我们就看到了一切。一张脸出现了，在这张泛白的复印件上，在周围一片灰暗中的这个亮亮的东西成了一个孩子。那个我没能生下来的孩子的唯一一张照片。

我即将成为母亲，但我却没有把它生下来。

---

[1] 伦纳特·尼尔松（1922—　），瑞典摄影师，以内窥镜摄影闻名。电影《生命的传奇》和图书《一个孩子的诞生》是他最著名的作品。

在这张单薄的副本的边缘还有几串数字。这些数字现在已经有些模糊了，因为时间太久，有的已经完全看不清了。但是医生曾经指着这些数字，告诉我它们每一个都是什么意思。每一个数字都很好，但不能说非常好，或者用他的话来说："这一回一切都正合要求。"

我坐在之前坐过数次的床板上，超声检查的凝胶涂在我的皮肤上。床板僵硬的纸壳发出窸窸窣窣的声音。屏幕上，我子宫的图像还在，冰冷但仍然发着亮光。

我的注意点完全放在它的上面。其实我只是想在床板上躺下去，再一次进入屏幕上的那张图像。只有那样，在那一刻，那个生命才会在我身体里亮起。我发现了这个小小的黑点。我仿佛看到了一个颤抖的开始，我被吸进了它那黑色的目光，我被吸出了这间屋子，离开了这个床板，被吸到了我那个发光的洞里，来到了未来。

医生的声音带着一种安全的歌曲般的旋律，我一直把它理解为是达拉那的方言。直到今天我都不知道他是否来自那个地区——我从没问过——但只要我一听到有人那样说话，我就会想到他。现在他肯定已经老了。这一切都发生在很久以前。

"这一次会好的。"他说，他的笔尖在报告单的各种数字间移动。

"胎儿的生长曲线非常好，心脏跳动得平稳强壮，一切都正合要求。"

他努力用一种平静的语气来说，努力地说实话——我们合作了这么久，这一点我相信。他很希望最后我一切会好。

可是我一把眼睛从发光的屏幕上移开，聚精会神地听他说话的时候，我就像往常一样，寻找一切他可能没有说出来的话，从他用达拉那方言说的那些信誓旦旦的话中寻找淡淡的语气，寻找每一丝危险的信息。

这时他不说话了，露出了微笑，指了指我放在椅子上的衣服，关掉了屏幕。屋子变成了灰色，空落落的。他的手扶着门把手，又重复了一遍——因为我不知道这是第几遍了——这么多周对于一个胎儿来说已经很可观了，他的心脏跳动合乎要求。

又来了，那四个字。

合乎要求。

仿佛是一场祷告的结束。

\*

在外面的接待室里，他把超声检查影像报告单递给我，建议我把它贴到冰箱门上。他在我的病历上写了一些字，这本病历现在已经是厚厚一沓了。

我披上大衣准备离开，当我伸手接过报告单的时候，他说，如果不能确信这一次一切都好，他是绝不会让我拿到它的。

我已经扣不上裤子最上面的那颗扣子了。宝贝终于在我的肚子里留住了，没有什么东西能够束缚住它。现在我感觉牛仔裤有一点下坠。写字台下面，我看见了他那双厚重的鞋子，看上去是属于那个寻常的世界的，属于这间柔和的接待室外面的世界，那个此刻我将要挺着渐长的肚子走进去的世界。

我接过报告单，他说："这一次你不用担心。"

医院外面，春天的鸟儿正在歌唱。公园里的花开了，海葱、青葱、番红花，黄色的、白色的、蓝色的花海。

我手里拿着报告单，在一张长椅上坐了下来。那个黑点正凝视着裸露的阳光。四月里一阵凌厉的风刺痛了我的眼睛，透过泪水，我终于让脑子把那个黑点想象成了我所希望的眼睛。然后，我就再也无法把它当成是一个简单的黑点了。

\*

在放着伦纳特·尼尔松那本书的衣橱里——那张旧的业已褪色的超声检查影像报告单仍在那里——还摆着一排影集。是孩子们成百上千的照片，构成了那个被称为"我们的家"的家。在这些影集里，保存着被光亮的相纸所拯救的生活。

在它们下面的架子上有着另外一个世界——那是一个装着孩子们的收养文件的纸板箱。

影集里装着所有那些横冲直撞的年月，装着想象中童年和成长期的那种平静状态。在那里面，我置身于具体的、混杂的经历之中，参与孩子们的成长，变成、成为——担任他们的母亲。

静止的时间和横冲直撞的生活混杂在一起的这种奇怪的感觉，由于我知道每一张照片背后更多的故事而变得更加强烈。我知道那些画面发生在那个晚上、那个冬天，发生在那个房间里。我知道那些信息，它们让我强烈地感觉到，每一幅画面上的情景，是本应成为的生活的一部分，但是在照片拍摄的那一瞬间，却仍然没有显现出来。

时间以这种方式变得不再线性。当它如现实般在一页页影集中行进的时候，它也乱七八糟地滚落到了我们的脸庞和身体上，滚落进了那些日夜和年月，用此时此刻的目光照亮了我们。

在下一层架子上——在标记着"波哥大"的纸板箱里——时间则什么都不是。在这里，太阳和月亮同时照耀着山峦雄伟的蓝灰色剪影，透过那一捆捆加盖有法律公章的手续文件，有阴影在快速地来回晃动。

那是各种各样妈妈的影子，她们游走于沉没的镜子之城波哥大梦境般的生活之中，游走在那座城市的地下之城中——而它，也让我成为母亲。

这两个世界——影集中真实的世界和波哥大梦境般的世界——都寄宿于我的生活和我的衣橱之中，仿佛一场人生般漫长的怀孕。

在那里，一切都合乎要求。

## 波哥大

我的女儿出生于2月3日。她的名字叫安娜。我的名字没有任何意义。没有人知道我做了这件事。愿上帝帮助我们。

## 安娜

星期三　06:30

每天早晨,安娜都会坐上那辆红色的公共汽车,那辆沿着长长的加拉加斯大道驶来、开往市中心方向的公共汽车。车上总是很挤。沿着这条四车道的高速公路,每一站都有很多人等着上车。

就像每天早晨一样,安娜面朝车窗站着,透过那脏兮兮的玻璃看着外面。一个男人站在她的身后,车上人越多,他就越把身体挤向她,就越能感觉到他的气息向她袭来。

安娜耸起肩膀,用更短促的节奏呼吸,好把他挡在外面。她把她的整个后背——脖子、肩膀、背、屁股、腿——绷紧,让它坚不可摧。她想象自己有个石头般坚硬的壳,能够把自己关上,可以深深地躲在它的里面。在壳的里面,她可以让周围世界消失,汽车渐渐隐去,窗外的车辆、声音和气味全都消失,站在她身后的这个男人不再存在。

她不再站在那里。

安娜在乡间小路上奔跑。她是一个小姑娘,正在上学路上,穿着干净的蓝色长袜和新擦的黑色鞋子。正是早晨,鸟儿们在刺槐树的树冠上唱着歌。也可以是下午,她奔跑在相同的路上,不过是冲着相反的方向,穿着脏兮兮的袜子和鞋子。那时影子的颜色更深了,在她身边有更多的人在走动。沿着街道能闻到食物和柴油的气味。

为了把公共汽车、拥挤的感觉和那个男人挡在身外,她只能聚精会神地跑。奔跑让那些画面出现在她的面前:每一扇门、每一间商店、每一栋房子、每一道栅栏、商店门上的那些招牌、垃圾桶、跑步的狗、从早晨切换到傍晚的气味,还有那些形状不一的铺路石。

铺路石!

她努力不让脚趾踩到铺路石的接缝。她在脑子里数着数。不踩到接缝的话每一步得一分,每踩到一次扣两分。

脚步飞快地移动,不过在一只脚抬起来之前,她仍然来得及选择另一只脚应该落在哪里。她数数的速度就跟脚落在地面上的速度一样快,她把那些数字看成是眼前的各种颜色。1是红色,2是蓝色,3是绿色。直到20,每一个数字都有自己的颜色,除了1、6和16,这三个数字有着相同的血红色的色调。

每个早晨和下午,她都做同样的事情,她知道既不能移开目光,也不能停止数数,甚至不能眨眼或是咽口水。她必须全神贯注地投入数数这件事中,必须进入那些脚步、颜色和数字里面,沉浸到跑步这件事本身之中。

那样的话,她自己就可以消失掉,双脚变成了一切。

如果她能够成功地直达那里——进入双脚和脑袋共同的计数器里——那样的话,身体和思想就融为一体。那样的话,那些数字和颜色就将接管并决定一切,多年之后,依然如故。

那样的话,其他所有的事情都将停止,她将回到那里。

回到最初，回到那个村庄，回到童年——在那里，一切都是本来的样子，但仍然可以变成任何样子。在那里，汽车的噪音、热度和拥挤都消失了。还有那些废气、污物、她身后的男人、他那腐败的气息，也都将一并消失。甚至是他对她越来越重的挤压也不再存在。

只有这唯一的存在——铺路石那不规则的灰色调、套在破旧的黑色皮鞋里的双脚、穿着蓝色长袜的双腿，以及用色彩缤纷的计数器飞快地往上数数的脑袋。数字越升越高，离开了路面，高高地升向了天空。她可以跑得越来越快，升得越来越高，便停止了喘气，停止了跑步，升到了路的上方，在那里飘飘荡荡。

可是如果她把目光从那些石块上移开，一切就会停止。如果车上有人跟她说话，或是汽车刹车使得节奏中断，她就必须回到起点重新开始。有时她必须一路倒回到修道院外面的台阶，倒回到每天早晨她开始的原点，在那里重新开始。

可是此刻，她没有受到任何阻碍。此刻她正在奔跑，只有那些数字和它们的颜色存在。她用飘浮在空中的腿和脚奔跑，她的肺输出血液，血液如急流一般在血管中咆哮。此刻她不是身体，不是脑袋，只是固定在计数器上的双脚，只是套在老旧的黑色皮鞋中的、穿着干净的或是脏的蓝色长袜的双脚。她就是奔跑。其他东西都不存在，也无须存在。她就是一切，她可以决定一切。她是幸福的。

汽车猛一刹车，身后那个男人挤到了她身上。他海绵一样的肚皮贴着她的背，他的一条腿贴着她的腿，还有那个硬硬的凸起，顶到了她的后腰上，正好在内裤边缘的上方。

她尽量往前挤以躲开他，她靠向车窗，试图把包从肩膀甩到身后，让它隔在自己和那个男人之间。她闭上眼睛，好让自己能够继续奔跑，继续留在那种节奏中不受干扰，保持飞快的速度，让人无法追赶，好让她留在自己的世界里。

汽车加速，但是贴在她后背上的那堵肉墙却没有松开。现在她仅靠嘴巴呼吸，又浅又短促的呼吸，好避免吸入那强烈的气味，避免接纳他，跟世界保持距离，唤回那种节奏，让自己重新进入奔跑状态。

她闭上眼睛，让自己成为呼吸本身，同时再度变成一块一块铺路石构成的网格，变成那个咚咚作响的世界——那是数字、肺和奔腾的血液所发出的声音。

可是她却失败了。

那个男人如夹紧的虎头钳一般牢牢地蹭着她，决定权在他手里，是他的意志在决定一切。她脚下的路消失不见了。

于是她打起精神，做好准备。当汽车在下一站停靠的时候，她飞快地弯下头，来了个迅速开溜。她用包当盾牌，垂下头，目光看着地下，从香水的气味和一个个身体间挤过，来到了人行道上。没有看见他的脸，也没有让他看见她。

他的目光没有追上她。他没能抓到她。

车门关上了，她迅速地转身离开。这是一场胜利，他没能看到她的脸。

她整了整裙子和大衣，把包重新挎到肩上。早晨依旧很凉，她喘着气，把衬衫外面的对襟毛衫扣好。

这是一个星期三，一周中最好的一天。她想集中精神，努力把这场公共汽车之旅迅速忘掉。经过这番拥挤，她的头有点晕，不过即便到了车外，她也不想过于大口地喘气。空气中满是早高峰黑色的柴油废气。

人行道上，一个年轻女人牵着一个小姑娘的手走过她身旁。小姑娘梳着红色的辫子，穿着一件厚雨衣，用来阻挡早晨刺骨的湿气。妈妈紧紧地牵着她的手。女孩仰头看着天空，没有低头看那些铺路石。

安娜目不转睛地看着她们，打了一个寒战。太阳爬过山顶之前，早晨总是很冷。不论哪个月都是这样，全年都一样。然后，当她傍晚回家的时候，情况就相反了。那时，空气被午后的太阳加热，公共汽车内不再散发出廉价的剃须水和肥皂的气味，只能闻到工作了一整天被汗水泡过的身体的气味，以及灰尘和污物的气味。这气味有时候因为下雨而酸酸的，下午通常会下雨，随后傍晚的太阳会再次照亮天空。

这座城市实在太拥挤了。

她每天早晨都是这么想的，在这里，人与人之间太拥挤了。她抬头看云，就像刚才那个梳红辫子的小姑娘一样，抬头看那些伸向天空的高山，看那些洁白的云朵，它们正飞过早晨清冷蔚蓝的天空。

\*

当她拐过街角，走进卡莱大街48号的时候，她再一次看见了那个小姑娘和她的妈妈。她们居然一直走到了这里？这么快？

她垂下头，让目光消失在石头的灰暗之中，想象着走在前面的她们经过这条安静大街尽头的那个栅栏和那扇蓝色的门，想象着她们看也不看就走过了那排低矮的砖房。

隔着半闭的眼皮，她希望看见那女孩红色的辫子在她妈妈的臀部旁一甩一甩地，经过整面砖墙，经过栅栏和那扇蓝色的门，继续一甩一甩地朝下一个街角走去，然后消失不见，远远地离开这条街。

安娜就像在上学路上一样跑了起来，从铺路石上的双脚开始，可此刻她却一动不动地站在那里，在召唤脑袋里的节奏和思想中的力量——而不是腿上的。

只要她们不停下来，她想，只要最大限度地集中精力，只要……

走掉，走掉，走掉。

她把脸抬起来，朝向那些山峰，不过眼睛仍然闭着。

走掉，走掉。

呼吸、心脏、血液，所有一切都在咚咚作响——走掉，走掉——她仿佛又跑了起来。双脚保持着节奏，脑袋里数着数，那些数字在各种颜色中爆炸。

走，走，继续走——走掉。

眼皮把世界关在外面，但眼睛却知道，云朵被天空中的太阳照亮了，山峰消失在云朵里面了。这时眼泪流出来了。对光的渴望刺痛了她。她必须在地上的阴影中行走，必须置身于这拥挤的、乌黑的街道之中，而不是在那些山峰上、在天空中，这刺痛了她。这刺痛了她，因为还要过好几个小时太阳才会越过那些山峰，阳光才能洒向街道和行人，才能照到她的身上。

走掉，走掉。

血液、心脏、双脚——是的，此刻安娜身体里的一切都在大喊。

走掉！

当她睁开眼睛的时候，小姑娘和她的妈妈已经走进了马路尽头的那个公园。

她们走掉了。

就是这么简单。

她看见那女孩红色的辫子消失在树丛中，街道重新变得空旷、安静。孤儿院那蓝色的门关着，没有人能猜到那扇门和那堵砖墙掩盖了什么，没有人能猜到那后面的房子有多大，它往后、往里延伸，占据了一整个街区，里面有一个小公园，一片绿肺被三排低矮的砖房包围着。没有人能看见那里面有一个独立的世界，藏起来躲避世人的目光。躲避并不知道这一切也并不存在的世人。

安娜走进一栋住宅的大门，这栋房子正对着孤儿院的砖房，她继续走到厨房门口。当她从钱包里掏出钥匙插进锁孔的时候，她的手在发抖。她仍然能看见那个小姑娘细细的手，被她的妈妈牵着，仍然能看见那双小鞋子磨歪了的鞋跟，还有雨衣那淡淡的棕色跟辫子的红色形成的对比——关于那个小姑娘和她妈妈的一切，她仍然能清晰地看见，仿佛她们此刻就站在她的旁边，想要跟她一块儿进去。可是她却不想再见到她们。不想在这儿见到她们，不想在这条街上，不想在那扇蓝色的门附近。

她飞快地做着祷告。

但愿那女孩能牵着她妈妈的手。但愿她的妈妈紧紧地牵住她。但愿那女孩能得到保护，但愿她的妈妈能得到保护。亲爱的上帝,让那女孩能牵住她妈妈的手。

永远。

阿门。

## 安娜

星期三　06:50

　　安娜穿过厨房入口，穿过那浓烈的洗洁精和潮湿的抹布的气味，穿过那狭窄的小厅，从后门进到厨房那温暖的香气之中——那是夫人每天给孩子们吃的水果、咖啡和甜玉米粥的香气。

　　她仔仔细细地洗手，好除掉旅途和公共汽车的味道。她梳了梳头，在腰间系上一条干净的蓝色围裙，然后来到餐厅里。距离时钟敲响七点，她还有两分钟的时间。

　　那张巨大的餐桌是件易碎品，一家人吃早餐用过的所有茶杯、果汁杯和盘子全都留在上面。餐桌透露着匆忙和分别的信息，而收拾餐桌则是她的任务。

　　餐桌的一端，这家较小的两个孩子还坐在他们的盘子前。楼上传来夫人讲电话的声音。

　　安娜猜测她还在浴室里。洗脸池上方的镜子发出咯吱咯吱的声音，被来来回回地移动，好照出背后的发型，以及侧面的发型，然后又是背后的发型。

　　安娜精确地知道夫人一边照镜子一边讲电话的样子，知道她一边听着电话免提喇叭里闷闷的声音，一边是如何抿嘴唇、抚额头、撑下巴的。

这个点，她是在跟她的秘书打电话。今天讲的是上午去法院谈判的事，关于那些要在法庭上出示的文件，以及前一天安娜连同标书一起寄出去的那些公文包。

安娜知道正在进行的是一场很大的官司，她看见那些公文包放在那里已经好几周了。那些巨大的、黑色的、像灌了铅般沉重的公文包，常常放在楼上那张大床一侧夫人的桌子旁。有时早上出租车还没来的时候，它们也会被放在楼梯下面。

楼上的镜子又发出了咯吱咯吱的声音。

安娜猜测，这场谈判意味着今晚她又要晚回家，而这也意味着安娜回家的时间会更晚。

这会儿镜子又响了。孩子们也听到了。这声音告诉他们，妈妈还没有下楼，他们还有时间。

先生已经出门了，不在家。他稍早前就带着两个大女儿上学去了。他通常要很晚才回来，要晚饭以后了。安娜从来没有在晚上走之前见过他，也就是说，她根本没见过他。然而他的精神却飘荡在整栋房子里，飘荡在住在那里和生活在那里的所有人身上。他，男主人，他在那里，带着他的目光，和对每一个人、对这栋房子、对安娜的期待。他在那里，带着他身为男人特有的气味和浓郁的剃须水气味，带着他那些没有经过分类的蓝色和黑色袜子，带着他那些虽然洗过却仍带有剃须水气味的衬衫。他无处不在，就像所有的男主人一样。

安娜走进餐厅，朝孩子们笑。这笑容是自然流露的，是发自肺腑的。她一看到他们就高兴。她从儿童椅上抱起最小的马特奥,把他放到膝盖上,抚摸他的腿。她大口闻着他身上熟悉的气味,把他抱得很紧,以至于她垂下来的头发挠得他脸上直痒痒,让他无法呼吸。

他笑了起来。安娜也笑了。

他穿着幼儿园的浅蓝色格子长袜和深蓝色短裤,很快就要出发去幼儿园了。他的皮肤是那么柔软、光滑、干净,就像一个孩子的皮肤应该有的样子。他的头发上有洗发水的味道,那是安娜从家乐福超市的所有洗发水里挑选出来给他的。这是一款让他闻起来像孩子的洗发水,不是水果香味,也不是糖果或是椰子的香味,没有添加任何香精——只是纯粹的肥皂气味。

马特奥靠在安娜的胸口,他那棕色的大眼睛里充满了泪水。他转过身,把头埋进她的围裙,就像每天早晨一样,安静而无助地哭了起来。

这个家里的人似乎都已不再关心他饭前的哭泣。他那比他大两岁的姐姐莫妮卡心不在焉地戳着自己的粥碗,当安娜朝她的勺子伸出手去的时候,她机械地说:

"就三勺,对不对?"一边说,一边认真地举起小小的拳头,伸出大拇指、食指和中指。安娜点点头,盛满了第一勺,把它递到小姑娘的嘴边。莫妮卡张大嘴吞了下去,然后收起了大拇指。

还剩下两根手指。

她的目光没有离开安娜。这是一种非常严肃的目光,来自一个孩子的目光,这孩子知道她必须做很多她不愿做的事,自己的愿望必须蜷缩到一个角落里,做决定的是成人。

安娜一边抱着马特奥,一边喂莫妮卡。三勺之后她把女孩拉到身旁,拥抱她。马特奥挤在了她和女孩中间,但是莫妮卡似乎并没有受到干扰。女孩也拥抱安娜,说她可以再吃一口,最后一口,然后安娜得把剩下的吃掉,这样妈妈才不会生气。

安娜点点头,擦干马特奥的眼泪,用莫妮卡和马特奥都能听到的声音轻轻地念叨起来。这是一段感谢食物的小祷告,一段这个家里的孩子都能背下来的祷告,一段以母亲、孩子、上帝的恩赐这些词结尾的祷告,一段自打安娜小时候起每次饭前都要念的祷告,一段她在她所有工作过的家庭教会了所有她照顾过的孩子的祷告。

说完了"阿门"之后,便轮到孩子们来祷告了。他们用弱弱的声音说着同样的话,眼睛看着安娜的眼睛。因为刚刚哭过,马特奥还在抽泣,他祷告的声音是那么轻,几乎都听不到。

安娜认真地看看这个孩子的脸,又看看那个孩子的脸,让目光在他俩的眼睛间移动。她既希望他们能够背诵出所有的祷告词,也希望他们背不下来。她想帮助他们张开口,希望在帮助他们补充漏词的时候,能在他们身上看到对她的信任。他们知道,她不会对他们要求太多,如果他们忘词,她从不会批评他们。但是每天做祷告这件事很重要,他们学会了感谢上帝。

这栋房子里,没有其他人会教他们这个。

当她聆听他们柔弱的声音时,她已经在想象那种弥漫在餐桌周围的寂静了,想到很快这种寂静就将成为她唯一的陪伴。一旦孩子们准备就绪,穿上外套出门上学,一切就会安静下来。很快这里将只剩下她,以及这栋大房子。

马特奥又慢慢地疙疙瘩瘩地说了一遍祷告词。他希望自己能够完全说下来。时间几乎静止了。安娜让他自己想词,让他用自己的方式去回想。

墙上的钟嘀嗒嘀嗒地响,在他把祷告词全部说完之前,有好几次她都克制自己不去帮助他说。她既希望给他足够的时间,也希望结束这顿早餐,好让他去卫生间,去完成每天早晨必须要做的其他事情。她既努力克制不让自己踏入孩子们的生活,也努力抗拒"让夫人满意"这种念头的支配。夫人希望马特奥在她下楼之前完成吃早饭和刷牙这两件事。可是夫人对孩子们的期望太多了。安娜觉得她对孩子们和对她都期望过高,尤其是对孩子们。他们还那么小,没有办法做什么事情都很快。他们还得学习,得给他们足够的时间。

当马特奥最后说出"阿门"的时候,安娜非常认真地看着他。她努力不让自己去想夫人很快就要下楼了这件事情。此刻,她听见她的鞋跟在楼上的木地板上发出哒哒哒的声音。

所有人即将出门,这栋大房子将变得空荡荡的,那些漂亮的房间将干干净净、安安静静地等待一整天。在安娜看来,这些房间似乎很想念孩子们小的时候他们和她整天待在家里时的样子。他们的玩具和声音回响在墙壁之间。此刻,当她独自一人在那里打扫的时候,每一个房间似乎都记得那过去的情景——哪些东西和哪张床曾经属于哪个游戏，哪块地板曾经是海，哪块地毯是岛屿或者陆地，还有那些浴袍、腰带、男式衬衫和被子，一会儿是这个人物，一会儿又是另一个人物。所有房间都曾拥有自己的规则和秘密，还有她和孩子们用点头和目光交流建立起来的信任。

可是现在，那些游戏不见了，房门被关上了，房子重新变回了房子——它的房间有着白色的墙壁，地面是由抛过光的木头或光亮的石块组成的硬硬的地板，仅此而已。全家人都要出门了，接下来只剩下她和这栋房子整天待在一起，只剩下她和食物碎屑，她和要洗的衣服、要洗的餐具，还有灰尘。只剩下她和那些没有整理过的床、从商店买回来的食品，以及冰箱里黏糊糊的架子。

安娜负责的内容是清理脏物和垃圾。

甚至连马特奥都要离开家了，尽管他才三岁，比其他孩子都早了整整一年上幼儿园。夫人和先生很担心他的眼泪。"这么大的男孩每天为吃饭哭鼻子，他必须学会不那么软弱。"

安娜从莫妮卡黏糊糊的碗里舀了一勺冷冰冰的粥吞进嘴里。现在只剩下一点点了，莫妮卡可以把它们刮到碗壁上，这样就不会被看出来。她们都知道，再过几分钟莫妮卡的妈妈就要从楼梯上下来了——她会穿着深蓝色或是黑色的衣服，如果有一丁点食物没有被抹匀而是剩在那里的话，她会立刻加以斥责。

孩子们完全知道妈妈对他们的要求。他们也知道安娜试图帮助他们对付妈妈要求的所有方法和诡计。

他们所不知道的是，安娜完全知道当胃里装满了粥之后就无法继续吞下其他食物了。然而她却完全不知道拥有一个妈妈是什么感受。这件事她不会跟任何人说。

安娜假装吹了吹已经盛在勺子里的最后一点又冷又黏的粥，然后飞快地把它塞进莫妮卡的嘴里。很显然，这味道又悲伤又黏糊。莫妮卡因为恶心瞪大了眼睛，但她还是勇敢地咽了下去，然后用纸巾擦了擦嘴，凑到弟弟面前，在他耳边小声地安慰说"嗖地一下就吃完了"。而在弟弟的碗里，灰褐色的粥仍然堆成一座沉闷的小山。

安娜朝她点点头，这个动作表示她很干净很漂亮很能干。莫妮卡从椅子上跳了下来，把她那条折好的绿色格子的校裙打开。

赶在妈妈下楼前把饭吃完，这让她感到很轻松，她飞快地离开餐桌，跑到了门厅里，好赶在妈妈下楼之前把鞋子和外套也穿好。这个学期的一个新情况是，改由妈妈而不是安娜送她去学校。莫妮卡感到很自豪也很高兴，因为能单独跟妈妈待上一会儿。她努力表现得很能干，按时完成各项事情，好达到妈妈所希望她表现的样子。

她们出了门，现在只剩下安娜和马特奥了。家中的紧张气氛缓和下来。安娜站起来，让男孩仍然骑在她的胯部，她拿着他的碗来到厨房里，加了点热牛奶把粥热一下。她知道这样对他更好。他的腿紧紧地缠在她的腰上，就像一只小猴子，坐在他经常坐的地方，紧紧地贴着她。

随后他们没有回到那大得会产生回声的餐厅，而是在厨房里坐了下来。安娜让他坐在她膝盖上吃饭。他们一起听广播,听那只名叫伊斯卡里奥特的鹦鹉一边梳理羽毛,一边像往常一样,站在它的小木棍上说着"加油"。

"你好,"马特奥喊道,"你好,老鹦鹉你好!"

## 波哥大

20 世纪 90 年代

我们的三个孩子——一个女儿和两个儿子——中间分别相隔两年出生在波哥大市中心的大医院撒玛利亚医院里,并被留在了那里。他们的出生记录是由同一位医生签的字,他叫巴斯克斯。从第一个孩子到第三个孩子,一共经历了四年七个月,而他一直在那里,签字确认孩子出生的时间、身长和体重。根据他的记录,孩子们都是足月出生的,很健康,被孤儿院的工作人员接走时都只有几个小时大。

他们的妈妈在登记时也签上了自己的名字、出生年份和血型,但是从孩子们被剪断脐带的那一秒起,她们就消失在了出生记录上。

那时她们就像影子一样走进了波哥大——走进了那座镜子之城。在那里,时间从现在开始将围绕着刚刚发生的事情静止下来。

\*

短短三周之后,孤儿院的电话就来了。三次打来的都是同一位负责人。

打来电话的时候,是孤儿院的工作时间。

彼时在瑞典正是深夜,幸福炸开了黑暗、土地和万物,终于为这一句喊叫带来了空气和光:

"我们的孩子出生了!"

## 斯德哥尔摩

### 2014 年

一个春天的清晨,亚当打来电话。
"我找到她了!"

没过一会儿,我的手机里就有了一张图片。拍照片的人是我。照片上亚当还不到三个月大,坐在他爷爷的腿上。这张照片放在衣橱里的一本影集里。他爷爷已经去世很多年了,他们坐的那张椅子也不见了,现在亚当已经成年。

他这张婴儿时的照片,就这样穿过层层光阴跳了出来。

二十二年前,我让人把这张照片印了两份,一张贴在了影集里,另一张我连同一封信寄给了波哥大的孤儿院。在信里我告诉他们回国的旅途很顺利,我们很好,我们周围所有人都对亚当表示欢迎。

此刻,这张照片就出现在我的手机屏幕上。

\*

亚当又打来电话。
"她写信说,她是从孤儿院的一位社工那里得到这张照片的。她说她得到了这张照片，就知道我过得很好。"

春日的清晨阳光四射，闪闪发亮，仿佛在向人问好一般。窗外的紫丁香开了，天空澄净蔚蓝，瑞典特有的蓝天。我们的旧厨房被阳光照得暖暖的，仿佛伸出双臂将我拥抱。我闭上眼睛，随时都能看到孩子们在这里奔跑。

亚当再次打来电话。
"现在我把她的照片也发过来……马格达的照片……我这就发。"
……
"喂，妈妈！"
……
"你没有难过吧？"

## 波哥大

### 第一次旅行

没有孩子的最后一晚是漫长的。跳过黄昏,黑暗直接降临到这座高原盆地间的大城市,忽然一下就到了黑夜。

在给斯德哥尔摩的妈妈的一封信中——很多年后我找到了这封信——我是这样写的:

这里的夜晚似乎来得非常快,没有预兆。从机场出来的半路上,到了一个环岛——那里有一个穿着破旧衣服的脏兮兮的孩子在卖塑料袋装的坚果——这时突然间就变成了半夜。这黑暗让我们吓了一跳,一切都变成了黑色,空气油腻腻的,非常稀薄,让人无法呼吸。心脏在那里空虚地扑腾着。

我们经过近二十小时的旅程,到达波哥大的时候已经很晚了。我们在旅馆的餐厅吃了热三明治,喝了啤酒,然后上楼进了房间。

我记得我们铺好了婴儿床。

随后我们——我的丈夫和我——非常安静地挤在一张嘎吱嘎吱的床上,在这样的黑夜里,试图睡觉。山间的黑夜太冷了。我们在这漫长的最后几个小时里等待着,我们等待着早晨,等待着孩子①。

可是当晨光终于照进来的时候,感觉却是如此陌生,让我们感觉如刀割般疼痛。皮肤如同在隆冬里一样,疲惫的双眼又红又刺痛。还有那些陌生的气味、我们门外传来的说话声,以及电话铃声的旋律。

铃声响了一遍又一遍,就没有人接听吗?

床单的接缝磨痛了皮肤。床头柜上的杯子、房间的角落、阳台栏杆的基座、玻璃窗、门把手——一切的一切,整个大陆的陌生感吞噬着我的身体,让我想不起来自己是谁。

我们可以从这里把那个孩子带回家,成为我们的孩子吗?

茫茫人海中,你在哪里呢,孩子?

我能够成为你的母亲吗?

\*

我们穿过市区去孤儿院。那包围着我们的如铅灰色花环一般的群山,在狭窄的街道上投下阴影的太阳、广场、摩天大楼、棚户——所有的一切都在这里鱼龙混杂,在天与地、光与声、财富与贫穷之间,有着另外一种秩序。

一切都是陌生的。

出租车拐进的那条僻静的小路上,有一棵树开着很大的白花。一只鸟儿在上面歌唱,它的声音盖过了街角背后那条高速公路上的噪音。我们在一种非常奇怪的宁静气氛

---

① 在瑞典语中,这句话的本意是"怀孕"的意思。

中下了车，仿佛在这座城市喧嚣的中央来了个立正——为我丈夫的西服和我的蓝色连衣裙，为那张借来的婴儿床，为床上放着的玩具熊和毯子，为我包里的那件小小毛衣。

为即将到来的那个瞬间。

\*

孤儿院的建筑是三排连在一起的低矮的砖房，它们围成一个正方形，正方形的第四条边是一道木栅栏。这是一个营造出两个不同世界的封闭的正方形体系。其中的两排房子属于一个世界——孩子们的世界——那里有办公室，有孩子们的游戏室，有卧室和餐厅，还有会客室。另一排房子则属于母亲们，那是另一个世界。

那里的门在接待时间是关着的。它隐秘在一条走廊的尽头，似乎并不通往哪里。不知道的人是看不到那扇门的。

可是我知道，也看到了，并且在想，那里面会是什么样子的？那里面的她们是什么样子的？在她们眼里，我是什么样子的？见了面，我们互相之间该说些什么？我该怎样开口？我该如何去忍受这样的生活——每当我想起，为了我们能够将孩子抱回家，她们不得不离开孩子？

她离开了她的孩子。

\*

在孤儿院开放区的一间有着浅蓝色墙壁的小会客室里，我终于成了妈妈。我很难解释在里面发生的事情，我只能说，所有的疑问和不确定都消失了。那个孩子被放到了我的怀里，一切都亮了起来，变成了——蓝色。

那间屋子的蓝色和婴儿床的蓝色混合在了一起。我的连衣裙是蓝色的，窗户被湛蓝的天空照亮了——晴朗的天气里，天空从群山上倾泻下来，用澄净的蓝光驱散了这座城市的灰暗，照亮了城里的人群。

这片蓝色照了进来，穿透了我的身体。我的心脏猛烈地跳动起来，最后又平静下去。这片蓝色所有的光芒，所有一切，都是新的，同时它也被那只小小的黑色眼睛——那个可以看到一切的目光——看到了。波哥大在我的脚下铺展开来。

当我们抱着孩子走出来的时候，街道沐浴在阳光里，新的时间开始了。

## 安 娜

07:25

粥热过以后,安娜又在这座乏味的灰色"小山"旁加了点红色的果酱,于是马特奥吃得香了一些——这再自然不过了。孩子喝凉粥,怎么可能会不哭呢?现在安娜大声地说,夫人对孩子们的要求太多了,就是这样。

马特奥用他那深色的眼睛看着她。

安娜一点也不为他的眼泪担心。他只是在按他的规律吃饭、成长而已。他吃了,这是最重要的。孩子必须吃饭,否则是不行的。安娜完全知道吃饭的意义。正因如此,每天早晨她会用果酱和牛奶来让他开心。她这么做是为了让他好好吃饭,正如曾经有人也是用同样的方式让她开心一样。

\*

安娜一出生就被留在了山上医院的台阶上。她在那里瑟瑟发抖,被赤裸地包裹在一条绿色的毯子里。一块棉布缠着她流血的肚脐,上面缝着一张写着她名字的纸条。

毯子、棉布和妈妈都已经不见了,不过那张纸条却一直被保留了下来。

  我的女儿出生于2月3日。她的名字叫安娜。我的名字没有任何意义。没有人知道我做了这件事。愿上帝帮助我们。

  这张纸条安娜已经读过了上百万遍。

*

  安娜知道自己能够被及时发现是很幸运的。山里的夜晚风很大，非常冷，黎明时分当物业管理员来开大门的时候，看见了石头台阶上的包裹。一开始他以为孩子已经死了，因为她的小脸看起来是那么青，毫无生机。

  不过这个女孩还是被医院接收了，有人在取暖灯下给她按摩，在加了润肤油的温水里给她洗澡。当她喝了几滴来自另一位新生儿母亲温暖的初乳之后，她安然地睡着了。

  从那些最早的病历记录上——上面标记的名字是"不明的安娜"——安娜可以得知，那位名字的打头字母是"M T-L"的责任护士大概还以为一切就这样完美结束了。可是几个小时后，高烧袭来，第二天早上，儿科医生就在病历上写下了那个致命的词："肺炎"。

*

  最初的几周非常艰难，对于一个弃婴来说，这份病历显得格外地长。安娜明白，除了她的责任护士之外，还有很多人在努力，大家都希望她好，因为最后她活下来了。在那些简短记录她这个发烧的小生命的病历上，签字人名字的首字母在不断变化。

然而一个婴儿的饥饿感同时也是她对生命中美好事物的一种回应，因此她的这个本能并没有得到发展。安娜这具刚出生的身体，对美好的事物一无所知。她在拼命地呼吸——那呼吸沉重得像石头一般，还伴随着一次又一次挨粗针头注射的痛苦。

两个月后，当她度过了一切难关被宣布恢复健康的时候，她的食欲仍然没有醒来。安娜只想闭着眼睛睡觉。将她领回并接手照顾她生活的修女们，用尽办法来哄她，来唤醒她的求生意志。不过关于这些，只有修女们的讲述，没有可读的病历。

至于是因为营养不良还是其他缺陷导致了她发育滞后，这个没有人知道。安娜学会坐立的时间要比其他孩子晚，而直到她可以站起来并且独自站立时，她才学会了爬。按照所有的进化学说，这种顺序是错的。

直到度过了两岁生日之后，她才愿意走和说话，这比书上说的要来得更晚，晚得甚至有人以为她有什么问题。

她说的第一个词是"安娜"，这一点也不奇怪。这是一个简短的词，发音跟绝大多数孩子最早开始说的那个很有安全感的词①非常相似。此外每次吃饭的时候，她的名字都

---

① 这里指的那个词应该是"妈妈"。

会被所有那些试图哄她吃饭的人重复十遍、二十遍、三十遍。那些希望让孩子做什么事情的人都是这么做的——无论是什么事情。他们会一遍又一遍地重复孩子的名字，如果是要让孩子吃饭，那就自己张大嘴——自己张大嘴、重复孩子的名字、把勺子伸过去。一遍又一遍。

可是在说出了"安娜"之后，她就再也不说其他词了。至少关于她的故事都是这么说的。在这个故事里隐藏着这样一种怀疑：人们仍然认为她有什么问题。不过因为她能够听到这个故事在人们嘴里一遍又一遍地说着，所以这个故事自然有一个很好的结局。一位好心的修女发现她的耳朵里有耳屎，当这些耳屎被冲掉之后，成长的速度就变快了。当安娜说自己名字的时候，她开始会指着自己了，这被解读为，她好歹明白了在她说的话和她听到的声音之间是有关联的。

此外，她慢慢地有了自我意识，要去成为这个声音，成为这个名字，成为这个人。这种意识的意义是如此之大，以至于直到今天，当她说自己叫什么名字的时候，仍然有可能听到自己那细细的童声从喉咙里冒出来。

那时，就在那一刻，就在她说"安娜"的时候，她的手有时仍会举起来，直到她自己去终止这个动作。

\*

可是她有多肯定，人们说的所有这些事情都真的发生过呢？她有多肯定，恰好就是这些因素对她产生了最重要的意义呢？她的坏胃口、她堵塞的耳朵、她很晚才学会说话,这些也许只是恰好格外适合作为故事,在她需要的时候可以一遍又一遍地讲给她听?就像所有孩子一样,必须得听他们小时候是怎样怎样的故事,尽管他们仍然处在"小时候"。

随后这个故事被修道院的修女们重复了足够多的次数,渐渐地就成了真事,成了她自己的经历。

安娜知道事情很可能是这样的。但是因为这是唯一一个关于她的故事,所以她还是把它保存了下来。把它仔仔细细地裹进那床温暖的绿毯子里,好让它在今天成为事实。

*

修女们喂养了安娜,救了她,接下来自然是她被允许住在了修道院。不然的话,通常情况下是由城里的某家大型国立孤儿院来照顾失去父母的孤儿。不过这一次不是这样。

安娜的文件里没有任何材料说明这是为什么,不过那些修女也许认为她们能够给这个皮肤白皙的小姑娘找到一个家。通常这都会很顺利。

可是因为某种原因——也许是因为"晚"这个词黏住了她——所以她没有去孤儿院。

因此安娜留在了修道院,一直待在那里,直到她年满十八岁必须要离开的那个月,就像所有失去父母的孤儿,当童年走到尽头的时候,必须独自去面对生活。

## 安娜

07:45

马特奥喝完了杯子里最后几滴牛奶,从安娜的膝盖上跳了下来。他们一起把托盘端到洗碗池里。安娜解下他的围兜,然后只要刷个牙他们就可以出门了。

她看了看表,知道已经很晚了。但这个男孩必须吃饭、刷牙、上厕所,就这么几件事。如果他来不及做完这些他应该做的事情,那么夫人也许可以提前一点起床。安娜不想对他唠叨,对,她不想这么做。他只是一个小孩子。他还只是一个小孩子,无须对他有那么多的要求。

\*

在安娜的故事中,没有什么事情是被设定好的。所有一切不是这个人就是那个人决定的结果,不是这个原因就是那个原因导致的结果。没有什么可以继续往前追溯。

是否存在着一种意愿,让一切变成了现在这个样子?还是说,也许仅仅只是那场令人不快的偶然,把她放到了修女们的臂弯里?

安娜不喜欢那场偶然。它给人一种穷困和糟糕的感觉。

一场偶然能够决定一生的基础——决定她一生的基础——她不愿意去想这一点。

这种事应该不会有人愿意去想。

然而不正是在她身上所发生的这种偶然,不正是所有那些大大小小的决定共同组成了她的童年吗?假如那些决定稍稍有所不同,假如那些决定在另外的日子做出,或者由另外的人、在另外的心情之下做出,那么这样的童年,就可能会变成许许多多其他的童年。

*

安娜长到十多岁的时候,陷入了悲观的沉思。这时她很愿意跟修女们谈论那场偶然,尤其是跟艾莲娜修女,她年纪最长,安娜也最喜欢她。那时艾莲娜坚称,她把这件事视为上帝的意图和仁慈。她一点也不希望听到"偶然"这种说法。

可尽管安娜跟艾莲娜信奉着同一位上帝,每天跟艾莲娜一起做祷告,但她还是无法用那些似乎让艾莲娜修女感到满意的简单回答来让自己感到心安。这听起来太不可思议了——就这么一个捡来的小姑娘,能让上帝做出表态。她很难把神性视为一种如此实用和世俗的力量。伟大而万能的上帝,应该不会有时间来理会那些被抛弃的孩子吧,这一点任何人都欺骗不了她。

于是她再一次陷入了那折磨人的思考,思考是哪些选择导致了她这样的人生。每个人在可以够到的范围内,有多少种可能的人生?也许所有人——包括那些拥有父母和家庭的人——全都逃不过命运和偶然?

所有这些思考，自打她成人并离开那所修道院以后，她就再也没有提起过。她甚至都不愿意再去想它们。她只是努力去接受，发生的事情已经发生了。假如它们有什么意义的话，也许就是它们跟上帝有关吧。或者它们根本没有任何意义，跟任何事情都没有关系。

不管怎样，继续思考下去不会有任何发现和收获，只会让她痛苦。不管她心里多么希望，都不会有人记得她。无论她多少次试图回到那家医院或是那家修道院，无论她能找到多少修女、神父和护士来打听，都没有人能够讲出更多的东西。

没有人记得事关别人孩子的日常决定和细节，至少是在过了这么多年之后。她所得到的回答应该跟她所问过的人数一样多了，没有哪个回答会比别的回答来得更加肯定和真实。

可是这无法阻止她想知道，在真相和遗忘之中，是不是存在着某种人性的模式？不是记忆能力的不同，就是每个人自己积极地希望并选择自己记忆的方式？好借助遗忘的力量去剔除、去凿出、去建立自己真实的故事和身份？

唉，她想把这些想法甩掉，不管怎样其实都无关紧要。没有人确切知道别人心里发生了什么，无论是记忆还是愿望。故事的所有变化——甚至是纯粹的遗忘——在上帝的国度里似乎都是被允许的，如果有上帝存在的话。这一点连安娜有时都会怀疑。

## 安娜

08:00

马特奥想要自己系鞋带。他身子前倾,屡次差点儿摔倒。安娜把他抱到自己腿上,坐到客厅的椅子上。他抬起一只脚搁在她的大腿上,他们的脸靠得那么近。他喘着粗气、噘着嘴,透过强烈的牙膏味,她可以感觉到他那甜甜的幼儿的气息。

他用胖乎乎的小手指把鞋带系紧。他系了好一会儿,她把自己的手轻轻地放到他手上,跟他一起为两只鞋子的鞋带都打了漂亮的结。他从她的腿上滑下来,双脚并拢跳了跳,展示自己成功了。

安娜脱下围裙,穿上大衣,用手按了按左边的口袋,确认大门钥匙在里面。然后她拿上包,包里放着这家人的钱包,又帮马特奥背上背包。

背包里的餐盒发出丁零当啷的声音。有时候她会打开餐盒的盖子,看看夫人都装了些什么饭菜。如果饭菜看起来比较差的话,她通常会添一些东西,添一些马特奥非常喜欢的食物,能让他多吃一点、吃得饱一点的东西。

可是今天她却没能来得及。今天所有事情都花了好长时间。可能花了太长的时间。夫人觉得马特奥每天得在晨会开始前赶到幼儿园,这一点很重要,因为晨会上要唱字母歌、数字歌、名字歌、生日歌以及所有其他歌曲——但就是不唱圣歌。他们甚至不跟孩子们一起做晨间祷告。

可是今天,尽管安娜用了最快的速度来伺候马特奥,他们还是没能赶上晨会开始。现在所有的事情马特奥都想自己来做。

人这一辈子都是匆匆忙忙的,她想。但是离他长大还有一小段时间。还有一小段时间,他不需要那么匆忙。安娜让他慢慢来。

*

安娜带着一个白色的塑料旅行包,里面装着她的所有家当,从修道院来到家政学校。在家政学校里,她和其他所有新来的女孩一样,得到了两条浅蓝色的连衣裙、三条深蓝色的围裙和鞋袜,并在一个又黑又乱的宿舍里得到了一个床位。

学校位于波哥大城的边上。第一次,安娜没有睡在山上的修女们那里。第一天早晨,她抬头看被阳光照亮的湛蓝天空,不明白是什么地方错了。她为什么看不到太阳?天已经亮了,这个她能看见。可为什么地面、房子、外面的街道以及她自己,都还停留在夜晚寒冷的黑暗之中?

然后她立刻就意识到自己人笨了。

不过这是她对这座城市最早的印象——太阳藏在高山的背后,阳光在头顶高高的地方浮动却照不到她身上,她站的地方又暗又冷。她离天空很远。

她始终没能真正习惯这座城市,始终没搞明白阴影和日光是如何划分昼夜的,没搞明白这里的四季和天气——没搞明白所有这些让人类能够认清自己、扎下根来、感觉到了自己家里的东西。

而每天下午经常会下的暴雨,仍会让她感到震惊。天空刚刚还是那么蓝,怎么会下起雨来呢?

\*

在那所学校待了一年之后,她随即得到了自己的第一份工作,从宿舍搬到了城市另一端的一间厨房储藏室里。那里的光和声音又不一样了,安娜感到自己有一种日益强烈的需求——是的,一种非常急迫的需求——要回修道院去,去看看自己的记忆对不对,当她想起修道院的时候,一切都如天空般明亮,一切都是那么清澈,她想看看那里的一切到底是不是这样的。

后来又过了近一年,她才存够了钱可以"回家"——第一位夫人总是固执地把上山去的那段陡峭上升的汽车旅途叫作"回家"。

后来她又回了一次,那是在两年后的复活节。但是这次旅行给她带来了巨大的失望。她之前并不知道修道院要重修,不知道那些修女已经带着孩子们搬走了。当她到那里的时候,孩子们的宿舍已经拆了,一张篷布盖在旧的水泥地基上,而主楼里已经有新的修女搬了进去。

第三天,当她在电锯声中醒来——它们正在砍修道院走廊与钟楼之间那些高大漂亮的桉树——这时她再也无法待下去了。她看着那些挺拔的大树,它们灰绿色的树冠倒向地面,她不知道自己该怎么办,不知道该去哪里、该坐在哪里、该站在哪里。直到汽车来了,把她从那里带走。

她想要记住修道院曾经的样子,而不是此刻在她面前看到的这个屠宰场。当汽车蜿蜒着朝山下的波哥大开去的时候,她决定,"回去"这事将再也不会发生了。回家的梦想变得不再有意义。她为这次旅行存下来的钱,如同她对家强烈的思念一样,都被浪费掉了。那些过往只存在于她的记忆里。她已经没有什么可以思念了,"回去"的念头不复存在。

从那以后,她的工资只为自己而存。先是在第一户人家,然后在第二户人家,就这样过了好多年之后,她有了钱,搬进了一套属于自己的、带有小厨房和卫生间、在街上有一个独立入口的公寓。

在那里,她一个人睡,睡在自己的床上,有自己的床单,有生以来第一次拥有了一扇上了锁的门。

经历了修道院宿舍里的十八年,然后是家政学校闹哄哄的宿舍里的一年,以及此后在雇主家里没有窗户的小房间(不过就是厨房的储藏室)里的那些年之后,她拥有了一个自己的房间,一个自己的家。

第二位夫人很生气,跟她吵了一架。这位夫人说,她想雇的保姆应该跟其他保姆一样,住在她应该住的地方,当她需要的时候能够就在手边。

不过安娜已经悄悄对这场争吵做好了准备,敢于承担它所带来的后果。自打那两个孩子变成十几岁的大孩子以后,她一直无法适应,早就不想干了。只有跟小孩子相处的快乐,才能让繁重的家务活变得可以忍受,才能把保姆的辛苦变成另一种东西，变成比现实中那种肮脏的、无休无止的机械劳动要柔软的东西。这一点她在家政学校学习的时候就已经明白了。

不过这需要她拥有自立并且真的搬出去的勇气，需要敢于去别的人家寻找工作的勇气，需要继续说出她想要住在自己家里这个要求的勇气。很多次的面试结果都让她失望，她开始感到害怕起来，害怕会失去这个她梦想了很久的属于自己的房间。

时间一周一周地过去，她吃得越来越少，好把钱存下来付房租。与此同时，她发现职业介绍所提供的机会都给了别的女孩子，给了那些没有自己这样的要求、没有什么经验的更年轻的女孩子。

这太蠢了，真的太蠢了，她想。一个妈妈怎么能够相信年轻的女孩们在做家务和照顾孩子方面会做得更好呢？

然而后来，某个星期天在做完弥撒之后，她收到了一张纸条。那是一个电话号码，主人是一个即将添丁的大家庭，他们需要一个有经验并且喜爱小孩的保姆。安娜打电话过去，夫人希望她第二天就去面试。

\*

面试的地点是对着院子的一个大房间，而不是像以往那样在厨房里。主人端出一个摆着咖啡和杏仁饼的托盘来招待她。因为夫人看起来那么时髦，那么友好，使得安娜坦率地提出了住处这个话题。

虽然她说的是"最好住在自己家里"，但她的语气并没有给别的可能留下余地。尽管她真的需要这份工作,但她还是做好了拒绝的准备,如果她必须要搬回厨房后面去住的话——她再也不愿意这样了。她存的钱还够交下个月的房租,这个她已经仔细算过了。

夫人看起来略微有些惊讶,她问了几个问题,比如安娜每天打算怎么坐车、她觉得自己这么早起得来吗。不过随后夫人说,这是一个她可以接受的条件——尽管不太情愿。

"如果您能保证,假如孩子们需要更多帮助的话,就搬过来住。尤其是现在,孩子就快出生了,只剩下几周时间了。"夫人朝自己的大肚子做了一个手势,看起来几乎是在恳求她。

安娜做了保证。她跟夫人告辞然后坐车回家的路上,感觉突然间一切——整个城市,以及她遇到的所有人——似乎全都亮了起来、干净了起来。

她眼前浮现出那栋漂亮的大房子,还有夫人红色连衣裙下鼓起来的圆肚皮。直到这时,当一切都被即将到来的新生活点亮的时候,她第一次觉得,失去"回去"的念头也变得可以忍受了。修道院、那些树木、钟楼、村道、艾莲娜修女——长期以来她所想念的一切,最后都可以沉入那让记忆慢慢变得模糊的灰色阴影中。

安娜坐在温暖的出租车里看着前方,看司机的手,看交会的车辆,看迎面而来的世界。她在想夫人给她看的那三个女儿的照片,想即将到来的那个婴儿。

她的运气真是好得有点不真实。一个新生的婴儿意味着在未来很多年里,她身边都会有孩子围绕,她将可以在这个家庭待很长时间,可以真正安顿下来。此外她每个小时的收入也会比以前更多。这些钱她可以存下来用于打理自己的房间。她想把墙壁刷成浅黄色的,把灶台换成真正的炉子,买一块柔软的地毯铺在冰冷的石头地板上。

她闭上眼睛,好把这明亮的一切保存在心中。

可这时,汽车突然刹住了。

安娜睁开眼睛,看见了一辆翻倒的两轮推车。香瓜和橘子滚得到处都是,红色的果浆溅到了车底。两个穿着破衬衫的赤脚男人努力扶住推车,同时又去拯救那些水果。人行道上、汽车里,没有一个人试图去帮助他们。

安娜看见那两个男人试图在路边抓住那些昂贵的黄色香瓜,而那些绿色的西瓜则继续向前滚。她看见街道很快就变成了一个混乱的世界,一个愤怒的喇叭声沸腾的地域,所有人只希望那辆推车和那黏糊糊的果浆赶紧消失,只希望那两个用他们廉价的水果和无望的人生扰乱了交通秩序的男人赶紧离开。

安娜的脸颊开始发热。她感到胸口冒出了汗水。连衣裙贴住了腋窝,嘴里仍然留有喝完夫人的咖啡之后的苦味。

于是她再次闭上眼睛,紧紧地闭上,好避免看到自己在那炎热午后的阳光中,在鸣着喇叭的汽车和压成浆汁的水果间奔跑追赶。

她闭上了眼睛。

此刻汗水流到了肚皮上。她把她那个扣好的包紧紧地抱在腿上,把手放在锁扣上。与此同时,她感到双脚因为鞋子的闷热而有些肿胀,厚厚的尼龙袜挤压着脚趾。她想着放在包最底部的钱包,只要不打开包,它就会很安全地待在那里。她再一次把手放到了锁扣上。

安娜闭着眼睛,跟其他人一样,她的想法只有一个——让汽车重新开动起来。

## 波哥大

### 第一次旅行

我们这就来了。我们马上就到。飞机起飞了。很快我们就到你那儿了。我们马上就到。很快我们就会见面了,很快我们就能见到你的小脸了。你长什么样子呢?我好期待啊。我已经等不及了。忍住,忍住。

日记本上这样写道。

我当时是打算把它写成一个故事的,在这个故事里,我和那个孩子的距离在一小时一小时地缩短。一个讲述起点的故事——就如同那个关于我妈妈和我自己诞生的故事一样伴随我的一生——一个也许能够把那些空洞、那些未知、那些不完整抵消掉一点的故事。不管怎样,从此刻开始,那些空洞、未知和不完整,永远都可以回溯。

或者至少是一个让大家看到我们是有多么期盼、多么欢迎这个孩子的故事。

我也在认真地想,这将是一本不仅仅属于我们将要去见的这个孩子,也属于这个大家庭的日记。我希望我们会成为一个大家庭,一个有很多孩子的大家庭。我在想,这本日记将是一个文献,它将跟那些我们业已开始收集的照片一起，讲述一个家庭历史的起点。

那些照片在这个故事里已经担当了如此明显的角色——这张是孤儿院刚刚打来电话，这张是我们在打电话四处报告这个消息，那张是我们借来的婴儿床，那张是跟同事们喝告别咖啡，而这张是我们在去机场的路上——我认为日记可以承担起同样清楚的见证作用。

*

"忍住。"我写道。

我坐在尚未起飞的飞机上，刚刚从手提行李中取出了这个新的日记本。可到底是谁需要忍住呢？是那个孩子，还是我？还是那个刚刚离开了孩子的她？

这本日记是写给谁看的？因为写日记的人是我，所以我知道当时这种疑惑立刻就出现了。我知道，当时我心里默默地知道我想的是我们仨，但也许想得最多的是她。尽管看上去我好像是写给那个孩子的。或者更糟的是——我假装是写给那个孩子的。

然而这个时候，一次又一次在我脑海里出现的人是她。那个孩子我还不认识，还非常小，才出生几天而已。一切都发生得太新鲜了，以至于我的思绪不断地滑向这个当时我最能用来识别自己身份的人。写给她，这个彼时让我感觉最近的人，她和我成了同一个母亲——那个孩子的母亲。

此刻她在哭泣吗？在流血吗？或者一切都终于过去了？她是不是挺着溢奶的乳房带着慢慢长好的子宫在四处飘荡？抑或已经开始忘记这一切了？

只要一想到她的哭泣，想到她疼痛的乳房，想到她的子宫因为一个黑色的空洞而产生钝痛的收缩，我就被刺痛了，仿佛我自己又经历了一遍一个生命夭折之后那种悲伤的痉挛。

*

"忍住。"我写道。此刻，喷气式发动机开始加速。机身将我包裹住，但我不知道，我该如何把她也裹藏到那个蚕茧中，那个由起点、爱、真相结成的蚕茧。我不仅仅想在飞机里和日记本上——在我们这个小家的范围内——来结这个茧，而其实在很大程度上，这个茧已经自己形成了，一个由所有那些被压抑的渴望、所有的希望和一个母亲所有的需求所结成的茧。

我写这本日记的全部意图，是想让这个孩子知道从我们彼此互相选择对方这一刻开始所有的一切。今后无论我们回想起什么样的阴影和问题，坦诚都应该从这里开始。这点我至少是可以做到的。正是出于这个心愿，我买了这个日记本，此刻开始在上面写下最初的这几行字。

可是在我写下"忍住"这两个字之前，我知道这样做是不可行的。

就在刚才，我无法准确地说出这个心愿是怎么毁灭的，但我非常肯定地知道，我正在写一个无法用日记这种形式来涵盖的故事。

在上升到空中的巡航高度之前，我意识到这是一个比爱的故事要难写得多的东西，之前我以为自己正在写的是一个给我们期盼已久的孩子看的爱的故事。就在那时，就在飞机掉头向西、我看见下面银装素裹的家乡斯德哥尔摩的那一秒，我彻底意识到，我字面意义的母亲身份延伸到了地球的另一端，而这个身份中包含着不止一位母亲。

*

在经停法兰克福，换上了那架飞往波哥大的更大的飞机之后；在吃完了汉莎航空客机上所有的小份食物，所有的旅客都在走廊上走过一个来回，喝完了所有果汁、酒和水——飞机旅途似乎就是以这些内容组成的——之后；在客舱的灯光终于熄灭，我们在大西洋上空飞过一半之后，我又做了一次尝试，继续写我的日记：

> 在法兰克福机场的登机口，语言和面孔发生了改变。我该如何去读、去理解那些新声音和新面孔呢？它们是我家庭的新成员。那些不同于我们的手指关节，不同于我们的唇形，还有头形、各种色泽的黑头发、面颊的骨骼、手势、声音——你是什么样子的呢，我的孩子？你会长得像谁？

这是一段我划去、涂改，又重新写了好多回的文字，以至于我不确定这个版本是不是我自己所要的那个。写什么似乎都不适合。我的日记本、我的期盼、我身体里那个空空的黑洞，所有这一切似乎都是阻碍，都显得很笨拙。

日记本躺在我的腿上，毫无生气。

她怎么也被包裹在这个我一心想要躲藏进去的蚕茧里？我该如何包容她，如何想她并和她一起生活？她怎样才不会变成这个家里的一个沉默点——变成那种我始终都如此害怕的家庭秘密？

迄今为止，在我生命中只要是我记得的所有事情，我求助于日记都是为了……嗯，好吧，人们在日记本里做什么？为了能够把事情想清楚，为了呈现自己，为了表达问题，为了说出真相。

可是现在我却做不到。

我醒在那里，被安全带牢牢绑在灯光熄灭的飞机座位上，被几百名正躺在起球的尼龙毯下睡觉的旅客紧紧包围着，飞行在几千米的高空中，下面是大西洋黑色的波浪。这时我彻底意识到，日记那种独一无二的自由，仅可容纳一位作者，而没有读者。

尽管我至今没有见过那个孩子，不熟悉他的香味和呼吸，没有体验过那羽毛般轻盈的身体抱在怀里的滋味，但他仍是我的孩子。我所做的一切，都是出于一个母亲的本能。如果我希望这个孩子把这本日记当作他自己的故事来读，那我就不该写日记，而是应该写点别的，也许是日志什么的。无论我想在日记里写什么，我都必须想到并且表现出这其中还包含着另外一位母亲。

一位在这个孩子面前，我取代了其母亲身份的母亲。

我看了看四周那些正在熟睡的旅客，一切看起来都跟以前一样，可是一切都已发生了变化。

我写道：

> 我再也不会写这个了，再也不会写我的害怕。
> 因为我要划船了。
> 母亲负责划船。
> 孩子要进入港湾。
> 于是一位母亲负责划船。

我又写了几行,这些文字是在几个小时后,飞机即将在波哥大降落时写下的,听起来就像一场祷告。当飞机拐入波哥大城区,穿过云层来到群山之顶时,我感到一阵眩晕。在我身下铺展着的这座巨大城市,它的规模让我忍不住要写些什么。那些语句就像神经反射一般跳了出来。

  我们快到了。我的手抓着手提包,里面是你的那件小毛衣。这件带着两颗白色扣子的柔软的红色小毛衣,已经等待了很久。现在,它终于跟着我们来找你了,我们正向你飞奔而来。

我记得当我能够写下我抓住那件柔软毛衣这个场景的时候,一切都平静了下来。在这个故事里,在"你"这个称呼中,我可以不用说谎,可以毫无掩饰地带着我所有的期待获得安宁,而不必将"她"排除在外。

抓着毛衣的手是一个完全真实的场景,它表达着我的等待、我的期盼和忐忑——除此之外没有别的。它没有将任何人排除在外。

飞机在群山间下降,我的手抓着那件婴儿毛衣。飞机的发动机、我的心脏,全都急速奔向新的生活。

在这之后,就没有其他日记了。我的日记在那里结束。

*

此后纸页上出现的那些为数不多且简短的记录,上面的语气发生了变化。我只是在记录,而不是在写,我什么都没有讲述,既没有向日记本,也没有向我自己、向孩子讲述什么。因此我没有留下任何文字可以帮助我回忆这段时期。

不过我做了另外一种形式的记录。这些记录成为记忆的节点。它们非常简单,通常是以列表形式出现的,上面是一些我用蓝色水笔涂画下的吃奶时间和配方奶的毫升数。有一页上记录下了头尾的尺寸。接着又是好多列毫升数和时刻的记录。

这些与其说是些记录,倒不如说是对这个孩子能否存活下来的不安。喂她吃母乳配方奶粉的那个奶嘴,上面的洞够不够大?那只勉强睁开一条缝的小眼睛正常吗?还有香香的脑壳正中间的那块凹陷的地方,应该是这样的吗?我测量了所有能够测量的数据,把它们跟临行前别人送给我们的一本儿童医学书上的数据做对比。一切都正常吗?一切都应该是这样的吗?不能让好运气再次转身离我们而去。

为人父母的不安是突如其来的。在这个孩子被放进我的臂弯之前,我不知道这不安会如此强烈。每一位初为人父、初为人母的人应该都有自己的恐惧,害怕有什么地方不对。我的不安则要绕着地球额外转上一圈,一位额外的母亲只是我母亲这个角色的另外一个版本。

可是对我而言,她的存在就像阴影一般笼罩着我们的好运气。母亲与孩子之间也许存在着某种心灵的感应?这个孩子会梦到我还是她呢?我要像以前那样,一次又一次地带着我那空空荡荡的子宫站在那里吗?做出牺牲的人已经是她了,好运气能不能冲我笑一笑呢?

我看着那只黑色的小眼睛发出的光,再一次回到了躺在医生床板上的那一刻，超声仪无情地显示，那个生命就像之前每一次那样，毫无知觉地离开了子宫。刚刚还发出亮光、有着脉搏并且充满了生机和未来的生命，此刻却只是一团沉入海底的灰色泥浆。

*

在这本日记的最后，终于又出现了几句在回程飞机上写的话，看起来又像是日记了。如今有好几页都已经破损或是被撕掉了，封皮皱巴巴的。日记本里到处都是那些潦草记下的列表，还有一些地址、电话号码、药膏和尿布的牌子、快速绘制的那座城市的地图以及各种各样的计算公式。

领养的过程用了好几周，波哥大城把它最好的一面展现出来，邀请我们来了一场永生难忘的旅行。我们在这里，在地球的另一端成为父母，成为一个非常健康的孩子的父母，与此同时我们也开始认识了一个新的国家，交到了新的朋友。

在波哥大无论我们去哪里，遇到的都是友好和祝福。没有人感到遗憾——为了我们能够领养这个孩子，一位母亲不得不离开她的孩子。相反，我们得到的全都是祝贺。祝贺她有机会重新开始新的生活，祝贺我们得到了这个孩子，祝福这个孩子得到了我们。

此后我曾想过，这就跟心脏移植非常相像。我们做好了准备，等待了很长时间，然后电话来了，我们出发了，得到了另一个人的心脏和一种全新的生活。捐赠者不需要字面意义上的死亡——而只是离开。

而我们的心脏则在非常健康有力地跳动着!

在哥伦比亚友好而温暖的氛围中度过的那几周,不经意间让我感觉如此之好。我作为母亲的自信在增长着,因为我们随处可以见到对生活巨大而宽容的信心。我们的负罪感减轻了。

在回家的飞机上,我终于写下了那几行轻松、平和、无趣甚至有些草率的文字,它们成了这个如此沉重的日记本里最后的记录:

> 此刻所有人都睡了。旅客们靠在自己的座位上,空姐们则躲在公务舱与我们之间那块小小的幕布后面,大家都睡着了。

# 斯德哥尔摩

## 第一次旅行之后

当我们回家以后,"波哥大"便开始生长起来。春天的夜晚是深蓝色的,每天晚上这个孩子都睡得出奇地平静安稳。呼吸得如此轻柔和缓,仿佛外面的世界并不存在似的。

每天傍晚我都会点亮婴儿床边窗台上的那个地球仪。这是一个泛黄的旧地球仪,带着柔和的灯光,它是在收到哥伦比亚方面批准我们成为养父母的那封信之后,我从跳蚤市场上买回来的。

那个时候,我夜复一夜地把它点亮,想象着斯德哥尔摩和波哥大也许已经相遇了,也许就在今夜,一颗小小的种子将开始生长。或者也许,我们的孩子将在黎明时分降生,或者他已经降生了?

当时我头脑中对波哥大还是一片空白,可是现在,当我去过那里之后,从这个点亮的地球仪上升起的,就不再仅仅是这座城市了。安第斯山脉围绕着地球仪上代表这座巨大城市的那个红点,伸展出它那一块块如同月球表面一般的蓝色灰色棕色的凸起。再往西一点,海洋在发着宝蓝色的光;往东则是深绿色的神秘丛林。

在地球仪黄色的灯光中,我还看到了她。她匆匆地离开孤儿院，朝车水马龙的卡雷拉大街走去；或是穿过撒玛利亚医院的院区，朝那些栅栏门走去。在这座镜子之城里，一切都离得那么近，一切又都离得那么远。太阳落到群山的后面，或是升起；夜幕降临，或是晨光熹微；天空变换着黄、红、蓝、黑等各种颜色。在这里，时间是静止的，而日子却在一天天、一月月地行进。

她的脸我从没见过，但是我们却把她的名字编进了摇篮曲里，每晚都会唱起。这个孩子似乎没有意识到那场旅行，也没有注意到自己已经换了地方。

当一个孩子睡觉的时候，一切都是宁静的。

窗外，索菲亚教堂每隔十五分钟都会敲一次钟，还有乌鸫在春夜里歌唱着。

\*

几周之后，由儿童护理中心发起的父母营开始了。我们八位新妈妈在柔软的地毯上坐成一圈，把孩子放在我们面前。整个过程极为漫长，新妈妈们坐在那里，既能感受到婴儿般的温暖，又仿佛梦游一般。我们聊天，孩子们则在一旁醒来、睡着、吃奶，我们给他们拍嗝儿或是换尿布。

我想走掉，这一切感觉太慢了，有点小心过头了。他们分发宣传手册和实用建议，拿着托盘分发果汁。哺乳的妈妈们需要补充大量的水分。春天的阳光照耀在新洗过的衣服和头发上，温暖的空气里可以闻到橡胶、护理中心和医院的味道。

我在泡婴儿配方奶粉，就在这个时候，我第一次被一个刚生完孩子的母亲问到这个问题：

"你不喂母乳吗？"

在我简短地介绍了这个孩子是在地球另一边被人遗弃的，孩子的父亲和我在他两周大的时候去那里领养了他。围坐在一圈的妈妈们瞬间明白，并接受了我的故事。

一阵沉默。

"可是他真正的妈妈呢？"

随后，一连串冒失的、不假思索的、轻率的问题和评论便向我袭来。

那个时候，我不知道自己将会多少次被迫礼貌地去倾听所有那些关于领养的故事。我不知道当人们把我跟那些陌生但却一度那么熟悉的家庭命运联系在一起的时候，我永远都会如坐针毡——那些家庭的命运，仿佛引起了那么多人心中如此跌宕起伏和感伤的情绪。

儿童护理中心的安妮卡打了好多次电话给我，不过瑟德马尔姆地区新妈妈们的活动小组已经结束了。她还是一如既往地活跃、友好和善解人意。她希望能给所有的新爸爸新妈妈提供帮助，她也做到了。所有人都是对的，所有人都在用自己的方式做着正确的事情。

我也是这样。

而我走进这个小生命的世界的方式，是推着婴儿车漫步。我去了那些长大以后就再没去过的地方：小延思森林里的猫头鹰湾泉、渔屋、"大影子"公园里长满木莲花的山坡、尤特哈根储气罐旁边的橡树林、贝尔维尤的鸽舍，还有哈加公园里的亭子。

我收拾好婴儿推车，在取代了那个日记本的笔记本上，开始了另一段记录。春天散发着焦油的气息,天空变换着颜色,镜子之城的街道在婴儿车的轮子下面铺展,延伸到布伦湾独木舟俱乐部的篷布和清漆之间。

无论我走到哪里,对她的感觉就跟到哪里——仿佛我跟她在互相看着对方。

我带着一个简单的不锈钢保温瓶,里面装满了开水,我可以随时随地冲泡配方奶粉。这是一段无限自由的时光,此时此刻,没有任何工作在等待着我。这是一份难以用语言来形容的礼物——我得到了这个孩子,我成了母亲。

## 安娜

08:55

幼儿园的周围很安静。一块巨大的画有小熊和兔子的浅粉色路牌,在告诉人们这里住着孩子。可是这外面没有人,也听不到任何声音。

安娜觉得竖这块牌子很蠢。孩子们不会因为几个动画形象招手就更加喜欢幼儿园,或是觉得在这里受到了更大的欢迎。小孩又不傻,他们只是体型上小了一点而已,他们比成人更敏感。

除此之外,幼儿园的建筑看起来就跟这个街区里其他所有普通的低层建筑一样。一道高高的铁栅栏围住房子周围的草坪,一扇上了锁的大门,涂了白色灰泥的砖墙,带草坪的后院,几株开着花的灌木,还有一个标配——一架生了锈的秋千。

安娜知道里面的晨会已经开始了,可马特奥似乎并不担心迟到。他没有放开她的手,而是要先带她去看门口那株新种的槿树,树已经长大了,是孩子们和老师一起把它种下的。

他用手去抚摸那粗糙的、光秃秃的枝丫,四处已经有一些绿色的叶子冒出来了。小男孩非常小心,以免自己压到那些绿芽。

"我们可以跟植物说话。"他很认真地说。然后他压低嗓音,小声地对榿树说,它会长得很漂亮,会长得很快,不久就会开出花来。

安娜看着他,问他开的花会是什么颜色的,他很肯定地回答:

"黄的和白的,还有粉的、红的……蓝的……所有好看的颜色。"

仿佛整个世界都如花般绽放。

\*

安娜不会跟马特奥和他的姐姐们讲修道院的事。她几乎从不谈论自己的童年,以及她是从哪里来的这些话题。无论是跟孩子还是跟大人。

因为没有人希望自己是孤儿,所以这个故事只会带来不快的气氛。安娜知道,哪怕是非常简短清楚地描述一下发生的事实——台阶、那条绿色的毯子、修道院和家政学校——也只会让倾听者心情低落。

她已经学会,最好是提前防范——要不就是闪烁其词——来应对所有那些人们惯常会提出的问题:你老家在哪里、父母住在哪里、兄弟姐妹多大了、长得是不是跟家里的谁谁谁很像等等。因为无论避开这些问题有多困难,总好过她如实回答自己是一个弃婴后,看到提问者脸上那种尴尬的表情。

"我避开这样的对话,是出于对他们的同情。"安娜心想。她有时会撒一些谎，制造出一种平淡的——但并不是她的——童年，来让提问的人好受一点，对此她也表示抱歉。

"这是上帝可以原谅的谎言，因为这些谎言不是为了我，而是为了那些提问者说的。"

\*

在幼儿园那灰暗的门厅里，马特奥变得很不开心，他希望安娜能跟他一起进去，希望她不要把他一个人留在陌生人中间。他的老师从晨会上出来了，拉住了他的手，可是他不愿放开安娜的手。

老师很生气，因为马特奥今天又迟到了，因为他总是制造麻烦，因为他是那么娇气。不过她当然没有说出口。关着的门后传来孩子们唱歌的声音，厨房里已经飘出饭菜的香味了，尽管现在还不到九点半。

安娜知道，她应该立即放开他的手，从那里离开。无论他哭得多么厉害，她都应该走掉。夫人和老师们都是这么说的。

"他是装的，"他们说，"他只是想让大家满足他的愿望。"

可是安娜却很可怜他。他很伤心，是个人都能看出来。他是一个小孩子，他才三岁，为什么不可以让自己的愿望得到满足？白天的时候为什么不能待在家里？他的愿望没有错，他想要跟她一起待在家里的愿望没有错。

可是没有人理会马特奥的哭泣。所有人都认为他的哭泣是装出来的。他的妈妈和幼儿园的老师都达成了共识。

但这刺痛了安娜的心。此刻马特奥抱住了她的腿。

"只要让他一个人待着,他就不哭了。"他的老师一如既往地说,并且不太友善地拽住他的胳膊,把他从安娜身边拉开,大声地对他说让他乖乖走进去。

"你是小伙子了,不该哭着要回家。"

于是安娜走了出去。

她感到嗓子灼热,不过她用力地咽了一下口水,回过头去挥手。他站在窗边。她只能回一次头,这是他的老师定下的规矩。一次,不能再多了。否则的话会骄纵他的。

他的鼻子贴着窗户上的玻璃,她知道他在大声哭喊。她听见自己心里在哭,她咬住嘴唇,感到喉咙发紧。如果她再一次转过头去的话,她会看到他的泪水模糊了窗户上的玻璃。

安娜也哭了。每天他们分别的时候她和他都会哭,但是她不会让人看到,只有他会让人看到。她想知道当他长大后,是否会想起自己的绝望和期待,如果能想起的话,这种记忆在他看来是什么样的。他是否会记得她离开了他,也抛弃了他?如果是这样的话,这段记忆是不是变成了她或夫人的一个罪行?在这场背叛中,她自己会不会和她混淆在一起?还是说这些关于孤独和眼泪的记忆,仅仅只是他童年所有那些无法解释的谜团中的一个?

\*

安娜不记得自己哭过了。甚至在膝盖被擦伤、手指被刺破的情况下也没有过。她受过伤吗?她不记得了。记忆是空洞的,或者更准确地说是点状的。分散的画面如同一个个点,在混沌的记忆中发光。

唯一清晰的是医院的病历，她把这个留了下来。她已经把这份病历读过好几百遍了，或许上千遍上万遍。尽管如此，她仍然忍不住要把它拿出来，时不时地读一读上面所有的内容。

病历上记载着人们把她从那条绿色的毯子里抱出来的时候她的身长和体重，还有她受到了怎样的照顾，直到她被修女们接出院那天为止。病历上记载着医生怎样医治了她的肺炎、她的血型是什么。在特征这一栏里，有医生写道，"浅色皮肤，深色头发，左边锁骨下有一个心形胎记"，整个住院期间的病历似乎都是用同一支笔写的。

安娜想知道当时这份病历是不是固定在一个旧式的讲义夹上面的，讲义夹上用绳子拴着一支笔。不管怎样，现在在她面前的这份病历是固定在这样一个讲义夹上面的。黑色的墨水以相同的方式在病历的某些字母上洇了开来，每个洇开的地方都是一样的——所以一定有同一支笔跟随着这份病历。

那块胎记仍然还在，即便它在她已经发育好的身体上显得那么小，小到如今见过她裸露的人，没有一个会把它当成是一个特点，甚至都看不到它。但它当然还是在那里的，在她的左乳上，一个很小的心形，那里的皮肤是最软的，就在乳头旁边。

洗澡的时候，安娜会看到它，但她没有意识到，每天早晨她都会用浴巾格外小心地去擦这颗心脏，去擦自己柔嫩的婴儿般的皮肤——就像她洗过的每一个孩子的皮肤那般柔软。

在关于这块浅色胎记的记录下面，记载的信息是"父母不明"。在最下面本应是母亲签字的那行上面，建立这份文件的人做出了自己的决定，用同一支水笔写道：

"物业管理员在医院的台阶上发现了这个包裹在一条绿色毯子里的女孩。这张纸条系在缠肚脐的纱布上，来自母亲。"

上面提到的那张纸条被订在了病历的反面——一种较劲或者说是冲动，使得安娜有机会发现，哪怕是一份医院的病例，也并非关于这段历史的完全可靠的证明文件。

这张订在病历反面的皱巴巴的纸条上的留言——"我的女儿出生于2月3日。她的名字叫安娜。我的名字没有任何意义。没有人知道我做了这件事。愿上帝帮助我们"——被抄在了病历的空格上，变成了——"我的女儿出生于2月3日。她的名字叫安娜。愿上帝帮助我们。"

没有什么大的区别，但是却简略了，这是表达方式上的偏离，是对历史的偏离。当一位母亲留下的唯一东西就是一张手写的纸条时，每一个字母、每一处墨水的洇渍都是弥足珍贵的。

填写这份病历的人肯定想到了这一点，所以用了很大的努力来做记录——可尽管如此，还是出现了疏漏。

假如反面的这张小纸条由于某种原因不慎掉了，假如安娜拿到这份病历的时候这张纸条不在了，那么对于她母亲是怎样表述的，她将永远心存误解。那样的话，她就不会知道这张纸条所透露的有关她母亲的这一丁点信息。

一旦知道了自己多么轻易就会得到错误的信息——尽管她仍然认为自己知道的是真的——这种感觉就是颠覆性的。这会让她去猜想，关于自己，还有多少其他事情是她不知道的。这是一种烦躁的感觉，既不是生气也不是愤怒，不像其他人那样，而仅仅只是有一种被抛弃和无助的感觉。

　　她被无情地拖入了那个灰色的记忆的泥沼。

　　同时她也懂得，她无法要求一家小医院的护士明白，这两句话的差异，或者仅仅是某个词的变形，对于她这个除此之外一无所有的人来说，是至关重要的。

　　尽管安娜知道这份病历不够准确，它很可能包含其他更多错误的信息源，尽管它不完美，但它仍然是一个宝贝，因为她不知道如果没有了它，她的成长会变成什么样子。

　　她感谢她的责任护士，因为她写下那条毯子是绿色的。试想一下，假如她没能看到面前台阶上这个包裹的颜色，那又会是怎样。

*

　　住在修道院的孩子们通常都是没有纸条、没有历史的。他们被捡到或是被交到那里，没有人能确切知道他们是在哪里、在何时、被什么人捡到、遗弃或是接收的。通常连名字和生日都不知道，除非他们的年龄大到能够自己知道并说出这些信息。

　　医生会给这些孩子指定一个生日，如果没有名字，会由修女们和牧师一起给他们选一个。这个通常会拖到所有的文件都弄好了，要进行洗礼的时候才做。安娜在修道院遇到过好多次，新来的孩子被叫作"宝宝""星期一"或是"蓝眼睛"，就这样被叫了很久，直到后来他们起了名字，也都几乎无法再把他们视为安德雷斯、鲁伊萨或是玛丽亚了。

跟那些身世不明的孩子相比,安娜拥有宝贵的身世信息,她很明白这一点。她拥有一个来源地——台阶,出生日期和名字她都有。再加上那条绿色的毯子,和她从艾莲娜修女那里得到的中间名,这使得她——跟他们不同——拥有了一个完整的故事。

唯一让她回到那些身世不明的孩子们中间的,是她的姓——那个乏善可陈的"托雷斯"。

修女们有一张滚动的表,上面有十个常用的姓,用来给捡来的孩子们取名。安娜到她们那里的时候,正好轮到托雷斯这个姓,于是她就变成了安娜·艾莲娜·托雷斯。

安娜把这份病历保存在一个文件夹里,跟来自儿童看护机关和修道院的为数不多的其他几份文件放在一起。其中一份文件上有一张她的小照片,被不同于医院使用的另外一种金属订书钉订在文件上,钉子已经锈了,使得她凸起的婴儿的额头显得红皱皱的,像是擦伤了一般。

这是唯一一张她小时候的照片。

第二张照片是在她上小学前的那个夏天拍的,是一位来自荷兰的天主教堂的志愿者来修道院拍的,她带着自己的照相机。

这位志愿者有着柔软的双手、跟修道院教堂里祭坛画上的天使们一样的浅色头发。在公园里玩耍的那些下午,这位天使总是带着照相机,并用一根棕色的皮带将相机挂在她的脖子上,游戏的过程中,她随时会摘下镜头盖,把那只黑色的眼睛举在她蓝色的眼睛前面,把孩子们的某一个瞬间定格在这个小小的盒子里。

"咔嚓"一声,时间就静止了。

这位天使叫贝亚特，有着跟修女们不一样的长相和声音，不一样的手，穿着跟修女们不一样的衣服和鞋子。一年后当她回国的时候，她的外貌举止都已经学得跟修女们一样了。她还学会了西班牙语，虽然她说话的声音仍是那么柔软纤细，带着滑稽的唱歌般的口音，但她毕竟学会了几乎所有所需的词汇，穿上了跟修女们一样的黑色鞋子。

鞋子是修女们提供给她的。孩子们教会了她西班牙语。作为感谢，这位天使把一本带有23张照片的红色皮革封面的影集留了下来。

这是一份无与伦比的礼物。

在这本影集里，她给当时住在修道院的23个孩子每人贴了一张肖像照。那时，他们中还没有一个人见过一张自己的照片。除了半身照，或者在浴室唯一的镜子里远远地看过自己的相貌之外，他们都还没见过自己完整的形象。他们中少数几个跟安娜一样，见过医院病历或是儿童看护机关卷宗上自己的一张照片。

在影集里的每一张照片上方，那位天使都很认真地写上了每一个孩子的名字，用蓝紫色墨水写的整齐漂亮的字。

就在那位天使回欧洲的那一天，大家决定，所有能够小心翻阅影集的大孩子，可以被允许坐在物业管理员房间旁的椅子上小心翻看这本影集。

安娜总是希望自己是那个表现得很好，可以独自翻看那本影集的人，她希望成为那个被选出来的、可以坐在那张蓝色椅子上翻看照片的人。翻看那些她其实非常熟悉，但在影集里却显得那么不一样，比在现实中要更加清晰的面孔。

她自己也是这样。

这是那本漂亮的红色影集上每一个孩子心里的秘密。他们的面孔被冲洗出来，呈现在这些相纸上，照片被一个一个按照那位天使确定的特别的顺序排列起来，在此后很长时间里，没有人去改变这个顺序。

有关那本影集的一切都很奇怪：孩子们的眼睛和微笑、他们的头发、面颊和牙齿的光泽、他们所做的表情，尤其是拍照当天他们恰好穿的衣服上所显现出来的细节。

甚至连那些名字都好像在发光。那些字母的墨水颜色在述说着更多的东西，述说着这些字母组合成名字后被念出来的声音以外的东西，述说着那些悄无痕迹地消失在儿童活动室的窃窃私语中、消失在食堂里的叮叮当当的声音以外的东西。

在这本影集中，没有干扰的声音或是喊叫，没有消失，没有遗忘，没有谎言。在影集中一切都是安静的、庄严的、完成的，一如它们本来的样子。一切都永远是按照秩序摆放的，正如它们应该的样子，没有更多的东西可以被改变、被预测、被添加或是被删除。

那位天使在影集里完成了他们，然后离开了。现在这本影集留了下来，留在了他们这里。安娜可以把它捧在手里。

\*

安娜的照片在影集很后面的位置，总共23页的第16页上。在翻往自己照片的过程中，每翻过一页，内心的紧张都会增加一分。就像一种嗡嗡嗡的声音，最早是从脚趾上升起来，往上爬进了两腿之间，爬上了肚子，继续爬到手臂上，爬向手指、脖子、下巴、鼻尖，直到发际线。

她的心里感到眩晕、紧绷，她仿佛就要从椅子上摔下来，或是两腿之间就要裂开、身体就要碎裂一般。

她自己的照片会出现在原来的地方吗？它会出现在它应该在的位置上吗？她会在那里吗？她还在吗？

每一次她把这本影集捧在手里时，这种嗡嗡嗡的声音就会出现，她必须集中精力才能够坐稳，捧住这本沉重的相册。但手指却在发抖，使得她不得不用力地去翻那漂亮的硬硬的纸页。

她越集中精力，翻动纸页就越难。手指和手臂的肌肉绷得太紧了，使得手一直在那里抖，周围的世界仿佛消失了。院子里孩子们的声音听不到了，房间里物业管理员的噪音消失了，就连钟楼上提示人们时间流逝的嘀嗒嘀嗒钟声也听不到了。所有东西都不见了，除了那个疑问：她是不是还在那里？

她安安静静地坐在那张蓝色的椅子上。她聚精会神地只想着一件事——只想知道第16页是不是仍然在那里。但是她强迫自己一页一页地去完成她不得不完成的这个缓慢的程序，强迫眼睛在每一页上都看得一样认真、花一样长的时间。她不能翻得太快，不能跳过任何一个孩子，不能让眼睛漏掉任何一个细节，否则的话不幸会立刻发生，她的粗心将遭到惩罚。

这惩罚就是，她的照片不见了，她的那一页是空的。第16页将不再存在，永远不见了。

但是她在那里。每一次她都在那里。她在她应该在的位置上。每一次她翻到那里，翻到自己那页，她都成功地战胜了这本影集的魔力，克制住了迅速找到自己的欲望。

当她终于翻过第15页，终于跟自己的目光相对的时候，她自豪于再一次战胜了自己。这时手臂不抽筋了，她清醒了过来，变得轻松、温暖又高兴。是的，温暖高兴到立刻尿急了起来，每一次她都不得不向物业管理员提出请求，要去茅房方便。

这时她得把影集小心翼翼地放到物业管理员的写字台上，放在电话机旁——用一张纸片充当书签——因为物业管理员并不知道每一次她都翻到了同一页上面。

当她之后跑过那条冷冷的走廊，跑到院子里炎热的阳光下时，她只想微笑、微笑、微笑。这微笑就像是冲着她自己露出的。是的，她在冲着影集里自己的脸微笑。她不知道这是怎么回事，她只是忍不住地笑着，而所有一切也都用微笑来回应她。

外面的一切都是那么柔软，一切都如同它们应有的样子，她也像她应有的样子一样。太阳高高地挂在那里，母鸡咯咯咯地跑开了，茅房散发出特有的气味。她听到很远的地方有一只狗在叫，还有蒸汽汽车叮叮当当的铃铛声。

在昏暗的茅房中，她缓缓地数到16，然后才让自己尿出来。有时候想要憋住很难，憋到肚子都疼了，但她还是忍住了。每每憋到肚子疼的时候，她会对自己感到更加满意。

多年之后她开始质疑，上学前的那个夏天，她怎么可能已经数得出影集中有23张照片了呢。

是谁教她的？

还有，一年级的她怎么可能已经会在上学路上又跑又数了呢？修女们讲到她的时候都说她生长迟钝，她到底是在什么时候变得不再迟钝的呢？

安娜蹲在臭烘烘的茅坑上用手指数着数。16是把两只手的手指都数一遍，一只手的手指再数一遍，然后加上另一只手的大拇指。

之后，无论是读出来的单词，还是写出来的16这个数字，对她来说都变成了一种特别的东西。1和6成了她的幸运数字——无论是单独出现还是合在一起——这两个数字都得到了跟那本皮制影集同样的深红色。很快，那些数字将在她上学路上奔跑的脚步中绽放成彩色的焰火，而1和6将构成这焰火的基色。

跑步、数字、数数、颜色，它们以这种方式交织进了她的心里，是的，交织在她的心里，它们既变为一种解放，也成了一种压迫。

可这是谁教会她的呢？她想不起来了。

## 斯德哥尔摩

2014 年

在出发去见马格达——亚当的亲生母亲——之前,我做了诸多准备工作,其中也包括安排好我自己的妈妈。现在她岁数已经大了。启程前的最后一周,我给她买了食品放在冰箱里,以防家政服务员爽约。我在她的挂历上写好家政服务员哪天会来,护士和我的兄弟姐妹哪天会来,下一次去理发约的是哪天,以及我是哪天回来。

因为我知道这次旅行会让她担心,所以我开始没有把这件事告诉她。直到离出发还有几天了我才说。

那样可以让巨大的担心得到减轻。

以她的状态,分不清我说的是哪一位母亲,而我在与不在,对她来说都是一样的。这趟旅行恰好处在她断裂的记忆库的一个夹层之中。在那里,时间陷入了无序的状态,当我要走的时候,她突然想起了我要外出旅行这件事。

"你已经回来了?"

"没有,我还没去呢。我星期六走,你的地图上写着。"

"星期六。"

地图指的是她那幅巨大的挂历,而现在被铺在了餐桌的正中央。关于她生活的所有事情都得记在上面，渐渐地她不再把它视为一份显示年月日的挂历。

现在它成了地图。

有好长一段时间，我非要固执地说"这是挂历，妈妈"，可最终我放弃了，让它变成了一张地图。没有了它，她就会走丢。

她哪儿都找不到。

出发前的最后几天，她打了好几个电话给我，问我有没有出发或是有没有回来。她非常焦虑。

我也非常焦虑。我该买什么礼物送给自己儿子的母亲呢？我该不该送一个礼物？这样会不会感觉我是在感谢她？我不应该因为一个孩子而感谢她，对不对？

还有我们见面的时候我应该穿什么？想象一下，她会不会觉得我很随便、很冷漠、不温不火、很势利、很圆滑、很古板、很丑陋？

我没有把我的焦虑告诉妈妈。她自己已经被困在她的焦虑之中，找不到出口。

我只是说：

"我一周之后回来，仅仅一周。"

然后我请她把那张地图取来，好让她明白一周是多么的短。

\*

最后这天晚上，她又打来电话，声音听起来很害怕的样子。她问该怎么回家。一开始我以为她是问我该怎么回家，但当她说她身上只穿着泳衣的时候,我明白她又陷入了对我们原来在哈兰省的那片海滩的幻想之中。她总是盼望能回到那里,她在屋子里摆满了照片,让她梦想着回到了很久以前的那些遥远的夏天。

"我必须回家去看着保姆,"她说,"地图上写着,他们今天要打扫浴室。"

于是我说——每当她"迷路"的时候我总会这么说——她已经回到了家了,她可以朝门厅看一看。

"你看见铺在那里的那块地毯了吗,外婆的那条漂亮的碎布地毯?它一直铺在你家里那个位置的,对不对?"

于是听筒里安静了下来,安静了差不多有半分钟。然后她说"对,确实",声音听起来很轻松,仿佛那块地毯真的又在那里了一样。然后我们说了再见,挂断了电话。

但我却留在了那片海滩上,尽管我本该整理行李的。双脚停在了妈妈的脚边,踩在温暖的沙子里,我又重新变成了一个小姑娘,看见我和妈妈在大脚趾旁有着同样的凸起。她试图用脚趾垫去矫正——那种肉色的硅胶脚趾垫,让我感到恶心。我一点也不害怕那个凸起,它属于我们的双脚,它是我们的一部分。

在海滩的阳光下,我还看见了我的兄弟姐妹们。看见了我们是如何年复一年地,彼此在各个部分变得更像或是不像。还有那些我们并不是很了解,但却以某种方式一直存在于我们中间,存在于我们的印象和生活中的亲戚们。连那些死去的亲戚也有一席之地。在爸爸还是小男孩时去世的爷爷,我出生时去世的外公,还有妈妈那个因患心脏病夭折的表弟小图勒。

我手上拿着那双正要放进旅行箱里的鞋子。我那鼓出一块的双脚在皮革上留下了印子。如今我的大脚趾关节跟妈妈当年一样敏感了。

电话铃声又响了起来。

是亚当想问我要一个箱子。

我眼前浮现出了他的行李。有挺长一段时间我跟他穿同样大的鞋子,但他的鞋子被他的脚塑造成了他的形状,跟我有着完全不同的样子。

我们挂断电话后,那片海滩又回来了。这一次变成了下午,太阳往地平线方向沉下去了一点,我不再是一个小姑娘了。

我用我那双沾满了沙子的大脚踩着水线,头发因为沾上了咸咸的海水而变得又湿又硬。

## 波哥大

2014 年

是亚当和我去见的马格达。去波哥大的旅途很长,总是比我记忆中要长一些,可当我们抵达那里的时候,我们又互相认出了对方——互相指的是这座城市和我。在夜晚的黑暗之中,一切看起来几乎都是一样的,而旅馆就像是另一个家一样。

第一天早晨当我们醒来的时候,阳光灿烂,鸟儿歌唱——一如既往——然而很多东西在这些年间改变了。我们第一次来的时候,这家旅馆位于一片开阔的牧场旁边,奶牛们在巨大的高速公路工地旁走来走去。当时,这片工地正在改变着整个区域的面貌。

如今,二十多年之后,这个地区仍然很安静,但却完全被并入了市中心。地价飙升,奶牛和牧场早就不见了。旅馆的后面是租金高昂的新建住宅区,一个巨大的购物中心——哈耶罗斯——在那片曾经是集市的空地上,在水果和蔬菜摊贩与小商店和手工业者曾经和平共处的领地上冒了出来。

而最大的变化是交通。二十多年前交通就已经非常拥堵了,后来每一次来这里,情况都会加剧。如今位于高原盆地里的这座城市的空气是如此稀薄，又如此尘土飞扬，我只有在早晨的时候才愿意去稍稍回想一下。

*

可是在这间窗户和阳台朝向东面山峦的房间里，绝大部分东西仍跟以前一样。墙上挂着那幅油画，以前我喂完孩子，会对着它看上好几个小时。床也还是那样嘎吱嘎吱作响。

只要我一动，心脏就会扑通扑通地跳。波哥大海拔超过 2600 米，空气一如既往地稀薄。

透过阳台的窗户，我可以看见蒙塞拉特山的山峰，那座白色教堂的十字架在晨曦中闪闪发光。我知道在白天结束前，天空将会变暗。这个季节几乎每天都会下雨，突然间就会大雨倾盆。那时整个城市会瞬间变成灰色——又脏又暗又危险。波哥大总是能让人惊讶，总是能展现出它的另一面。

*

这天下午，马格达把电话打到了旅馆，想确认第二天会面的时间和地点。一场她和亚当几个月前在脸书上确定的会面。

她打电话来的时候我们在外面。旅馆的人说她的声音听起来很愉快。这是我第一次听到别人说她的名字。听起来很不一样，好像完全是另一个名字，不是我这么多年来一直在关注的那个名字。

我转身离开，闭上了眼睛。

马格达，我试着保留你的名字。有时候这听上去仿佛一场祷告。我试着用虚无去创造、修复、继续你的故事和你的生活。你从来没有回头。有那么一瞬间，你站在医院的大门口，或是孤儿院的门外。我总是看到你的背影。然后你迈着步子走进了午后的车流中，走进了波哥大。

马格达，二十二年来亚当在我们家里长大。我梦到了你和你的生活。在这差不多半辈子的时间里，你就走在我的身边，在这座镜子之城里。如今我们在家具上摆放了你的照片，已经快一年了，带着眼睛、鼻子和微笑的嘴的你的真实的脸。可是我们仍然没有听过你的声音。现在只剩下一个昼夜了，你就将站起来，浮出水面，现身、说话。

马格达，现在我们该去往哪里呢？

我睁开眼睛，强烈的阳光从山上涌进房间，洒到我身上。在对面墙上的一面镜子里，我看见了自己和亚当，他坐在我背后的一张椅子上，我忍不住眨了一下眼睛。这真的是我吗？在阳光中如此模糊，在亚当深色皮肤的对比下如此惨白。那个不是我吧？我看上去跟我的孩子们一样。跟你一样，马格达。

我吸了一口空气，那是波哥大的气息。

\*

这天夜里我按瑞典的生物钟醒来，但在这里却是午夜，我只睡了两个小时。之前随着出发日期的临近，那些关于分娩啊、新生儿啊没完没了的旧梦又回来了，而且不愿意撒手。这天晚上我梦见自己如同现实中一般因为岁数太大了而不适合怀孕，成了一个可怜的老姑娘。

没有什么比哥伦比亚的夜更黑了。还得再过好几个小时天才亮，但那场即将到来的会面却让我陷入了一个令人绝望的失眠的仓鼠笼，那些琐事和手续在笼子里转啊转啊转啊。

我该怎么打招呼？是紧紧地拥抱一下还是用贴面礼？还是只握握手？

我该说些什么？

这是一场没有规则的会面，没有什么东西可以遵循，连词汇都没有。我要去见我儿子的母亲——甚至连这种说法都是违背规则的。

连语言都无法涵盖现在将要发生的事情。

正如我想知道她的情况，想知道这一切该如何操作一样，我当然也想知道她会如何看待我？

是的，我看起来是什么样子的？像一个母亲吗？

这个夜里，所有的一切都在那里翻来覆去。我的四周鸦雀无声——波哥大就如同波哥大一般沉默不语。自打这场会面定下来之后，这个镜像世界就几乎完全安静了下来。一切都只是在等待。

只要我一闭上眼睛，我就再次陷了进去。我岁数太大了，但还是怀上了孩子，梦境中我永远地留在了医院的候诊室里——或是在一个岔路口——尽管这么多年过去了，我却终究没有进到任何一间诊室。

可是我不愿意站在那个候诊室里！我不在那里！我走了出去，我得到了我的孩子！一切都顺理成章。这些旧梦为什么一定要继续折磨我？

我从床上起来，往外面看去。外面又黑又安静。夜班保安拿着他的电警棍，骑着自行车在来来回回地巡逻。

亚当在我隔壁的房间里动来动去。

我在黑暗中小声说，他不用担心，我们会尽我们所能的。但我并不准确地知道自己说的是什么意思，不知道尽我们所能的时候应该怎么做。甚至不知道我该怎么说"你好"。

夜色浓得化不开，离我们见面只剩几个小时了。为了甩掉那些梦，我试着去罗列我所知道的一切。是的，关于她，我知道些什么？二十二年前我们到底都知道了些什么？如今的情况又是怎样？

然而这是徒劳的。来自那时的所有信息跟现在我们从亚当脸书上的聊天记录里所知道的信息混在了一起。那时和现在仿佛隔了一个世纪。

那时我们永远不会见面，而现在我们大家成天泡在网上。甚至包括那些死去的人。

但我想试着去重建当时的情景。那时我们到底都知道了些什么？

孤儿院和撒玛利亚医院是我们唯一确切知道这三个孩子的母亲全都去过的地方。然后还有她们签过名的文件，还有我记录孤儿院负责人说话的那些纸条。

马格达的那张纸条上写着：

未婚母亲。已经有四个儿子。父亲不明？住在她母亲家里。

我在床上翻了个身，闭上眼睛，看见了医院那栋巨大的灰色水泥建筑，每次来哥伦比亚回访的时候，我们都会多次经过那里，指给孩子们看。

就是这里！你们是在这里出生的！

可是撒玛利亚医院并没有太多可看的，尤其是对孩子来说。一个水泥建造的庞然大物，前面有一块开阔的空地，很多人在那里走来走去。这里似乎总有人在走动。一面山墙边长着几棵树，看起来像是花楸。

会是花楸吗？这儿有花楸？

所有这一切，建筑、建筑前的空地，以及那些树，都被一道高高的栅栏围了起来，还有一扇有人站岗的大门。

也许是因为保安穿着制服，使得我们每每走过那里却没有进去。那是一个陌生又有点让人恐惧的地方。

不管怎样，我是在这里或是孤儿院看见他们三个的。这里是用一种扭曲的视角看到的波哥大市中心。在这里，她们站在树下，穿着大衣，没有颜色也没有脸。只有肚子是明显的。但同时，她们永远都是刚刚生完孩子的模样。

她们看起来很远，仿佛我是隔着很远的距离看着她们。

而此刻在半夜里，我只看见马格达从医院建筑离开，从那些树旁离开，走过空地，走向大门。

那是一道奇怪的绿光。

她走出大门，穿过马路，在车流中停了片刻，然后消失在了这座镜子之城里。

头顶的天空漆黑一片，抑或是上午的蓝色，或者是红色、黄色、白色的。那是黄昏或者黎明。天空下着雨，太阳照耀大地。风吹拂着花楸的树枝，落叶在空地上飞舞，而与此同时一切又是完全静止的。那道绿光就像水藻一样在水泥上生长，穿过空地，划过天空。

浅灰色的群山在四周苏醒过来。安第斯山脉奇怪的剪影。

亚当是在黎明出生的。

她是什么时候起身离开的？

去了哪里？

在我的怀抱里他长大了。他是我的儿子。她对他一无所知。我想要咆哮——一无所知！

但是在夜晚的等候室里，他还是变成了她的。

我只能怀念过去。怀念他那温暖的小手放在我的手里，怀念夜里他实实在在的身体躺在我旁边的床上，怀念他用甜甜的婴儿语言发出的声音。

我徒劳地希望，孩子们全都重新只属于我一个人——我是他们的妈妈——仿佛只有当孩子们还小的时候，才会是这个样子。

外面的鸟儿醒过来的时候，眼泪流了出来。

我不认识这里的鸟，不知道它们叫什么名字。我想回到瑞典家里那乌鸫的歌声和初春的雨夹雪中去——回到我自己的家里，回到属于我和我的孩子们的家里！

回归作为妈妈的我自己，回到我自己的妈妈的家里。

我们出发的时候，瑟德马尔姆的乌鸫们在冬天的黑暗里唱着告别的歌。到处都是脏脏的雪，再过几小时飞机就要起飞了。近一年的准备工作到了结束的时候，鸟儿在为我歌唱，在为我们歌唱，在为越来越近的春天的感觉歌唱，在为我们的家歌唱。

亚当在我隔壁的房间里睡得很深很安稳，可是他有没有听见，有没有在睡梦中听出那种区别？他有没有听见他住的是有乌鸫的地方，他住的是我们家，是在瑞典？

他有没有听见我是他的母亲？

我知道我很愚蠢，我知道波哥大是一个机会，是一场冒险、一种体验，它是很多人的根。我知道对于孩子们可能会做出回到这里来的选择，我们心里是有足够勇气的。这种准备和对话一直都有。我们全都属于这里，这是一种骄傲，这种骄傲一直都在。

可现在，这种勇气不见了。波哥大空荡荡的，没有亮光。医院的空地荒芜着，花楸树黄了。

她转身之后去了哪里？现在的她是什么样子的？

我很想大声说，孩子们的脸属于我们。他们是我们的，他们脸上有我们的面部特征。他们沿着沙滩上我们的脚印前行。

你们没有看见吗？

抑或，他们所沿着的，是深深储存在他们基因中的群山与整块大陆的历史？

你们听见了吗？

只有我知道他们到底是什么样子的，只有我了解他们脸上所有的一切。

\*

我是如此害怕失去。害怕我的儿子会被重新抱走。

*

天空的黑色渐渐变淡了。随着最早的那些航班隆隆地飞进埃尔多拉多机场，天空出现了一丝光亮。接下来的时间里天空慢慢地亮了起来。先是红色的，接着是粉色的，最后变成了蓝色。

这会儿飞机的起降变得非常频繁。

之前我们来这里领养孩子的时候，我很想钻进那些飞机里去。我喜欢我们的旅行，但我也想回家。我想回家成为一个普通的妈妈。我想让他们回我家里。我觉得，那时我想的是他们得救了。我想波哥大不会再把他们要回去了。

一直以来，波哥大之旅既是一种幸运，也是一件令人恐惧的事情。幸运的是有这个国家存在，它给了我们孩子，我们在这里也感到像在家里一样。而与此同时，会失去他们的恐惧也在不断地撕咬着我们。仿佛这个城市本身就是一个大坑。

这一回，这种感觉比以往任何时候都强烈。

鸟儿在啁啾。我不想听，也不希望亚当听见它们的声音有多么美妙。我希望此刻在他心里回响着的是乌鸫的歌声。一如在我心里回响着的一样。我希望我的家也是他心里的家。

半小时后，我再也无法把一架飞机跟另一架飞机区别开来了。此刻，来自全世界的飞机都隆隆地飞到了这座城市里九百万居民的头顶。

这里的某个地方有她存在。

我记得之前我们来领养孩子的时候,我也怀有同样的想法——在这一切之中的某个地方,存在着我们的孩子。

在那之后我们每一次来这里时我都会想,她们三个存在于这里的某个地方。现在我们可以见面了,我们这些妈妈,就像大街上随便哪个人一样。

太阳爬上了山顶,现在我真的要去见她了,那个我领养了她的孩子的她。她的影子已经在我身旁伴随了我半辈子。

我很怕。尽管一切都顺理成章。

## 安娜

09:10

  安娜低头看着马路。她迅速离开了窗边的马特奥，仿佛离开了她自己一样。街上的石子很不规则，有的碎了，有的凹陷了，连这儿——这座城市漂亮的一面——都是这样。

  现在暖和了一些，太阳爬上了山顶，终于直直地照到了她的身上。它带来了温暖。她解开对襟毛衫，加快了速度。但她没有跑。跑步这件事如今她只在脑子里做，在公共汽车的拥挤中做，或者是有时候在打扫房间的过程中感觉灰尘怎么也打扫不完的时候做。

  但她很希望能再次跑在街道的铺路石上，让双脚踩在那些裂缝和垃圾上，让呼吸把她高高地举起来，飞越幼儿园老师那些邪恶的评语。

  若不是开个头那么难的话，她早就跑起来了。

  她似乎已经忘了该怎么做，该怎么让双腿开始越来越快地活动起来。还有心脏，她该怎样让心脏跟上自己的脚步？

  她很沉。身体不再轻盈。完全感觉不到它，它只是在那里，固定在她的身上。因为每天待在室内做同样的事情而变得僵硬。在自己房间的黑暗中起来，被毛巾擦洗，被穿上那四条连衣裙中的一条，或是短裙，还有那带点的或是白色的衬衫，跟别人挤在公共汽车上，然后进入夫人家的房子，开始干没完没了的家务活。

到了晚上后腰会很疼，手上的皮肤因为洗涤剂而变得粗糙。肚子变得怪怪的。她不知道是软还是硬。肚子里面很硬，肠子和胃好像长到了一起，硬成了一块石头——而外面仍然很松。当她把身子往前或往旁边弯下去的时候，腰上的"救生圈"就会鼓起来。不过她并不胖，更像是脂肪打了结，失去了弹性。

在她心里唯一真正柔软的地方是马特奥。放在她手心里的他的手、当她抱着他时缠绕在她腰上的他的腿、晚上枕在她膝头的他那热乎乎的脑袋，还有在睡梦中呢喃着她的名字的他的声音。

他们总会在他入睡之前这样坐上一会儿。他在他的床上，她则坐在旁边的椅子上，因为夫人说过，他大了，不能抱在腿上入睡。安娜把椅子拉得很近，使得他仍然可以把头枕在她身上。然后他做晚祷告，唱她最喜欢的那首婴儿耶稣的赞美诗。

她轻抚他柔软的头发，当她唱到第二段结尾"他在我们身边，我们看见他的荣耀"那句时，他常常已经睡得很沉了。

然后她会再坐上一会儿，尽管她很想回家。她拉着他的手，感受睡梦把他带离她的身边，渐行渐远。

她就这样拉着他的手，直到他熟睡为止。她就这样看护着他，直到他越过边界，走向睡梦中那安稳的国度。这时她把他的手放回床上，吻一下他的额头。仿佛他仍然是一个非常小的小男孩，仿佛他仍然属于她一样。

*

安娜走得很快，当她拐进卡莱大街48号的那片寂静之中时，因为走得太快而浑身发热。太阳高高地挂在那里，街道沐浴在阳光中，孤儿院的外面没有任何东西能显示出这一天是星期三。但一切都像它们应有的样子，她知道这是一种错觉，砖砌的外墙在说谎，里面正在发生激烈的活动。一点钟当访客们被放进去的时候，所有的房间都已被打扫干净，草坪会被修剪好，孩子全都吃完了午饭，干净又漂亮。

但是从外面什么都看不到。砖砌的外墙封闭又安静。

这是因为卢拉把里面会发生的一切都告诉了她，所以安娜知道砖砌的外墙在说谎。卢拉的工作其实是在孤儿院的厨房打下手，但每个星期三她都得帮忙照看一下其他事情，包括照看孩子。卢拉开始跟安娜说话是有一次家乐福超市的火警响了，大家必须往外跑。之前她们已经见过很多次，但从没打过招呼。当时火警还在耳边呼啸，卢拉开口说的第一句话就把安娜逗笑了。要知道安娜可是几乎从来不笑的。

不过卢拉能把所有人逗笑。安娜想，孤儿院的孩子们肯定都很喜欢她，所有人肯定都很喜欢她。怎么可能有人抗拒得了她呢？

火警消除后，所有人都获准回到这家巨大的食品商店里面去寻找自己的购物车，这时安娜和卢拉已经形成了一致的想法——她们的见面是一种幸运。当商场老板站在门口派发礼物作为对耽误大家时间的补偿时,她俩的这场见面得到了延续。

安娜得到了一个带电池的手电筒,卢拉则得到了一条青色的连裤袜。回家路上,她们聊了一路。她俩住在同一条街上,两栋房子正好面对面,分别时她们交换了礼物,因为卢拉每天晚上得穿过一个公园回家。她们还说好第二天同样的时间在那个街角再见。

从那以后,她们只要一有时间就一起购物,卢拉给安娜讲孤儿院的事情,安娜一个劲儿地想知道更多。每周都有好几天,她们各自拎着沉重的购物袋,肩并肩地走在一起,脑子里想的全是波哥大的母亲和孩子们。

但她们从不在星期三购物。那天是访客日,孤儿院没有人会有时间购物。安娜也没有时间,因为这天她也很忙。

\*

所有的一切都开始于卢拉向安娜讲述了一个即将得到父母的七岁女孩的故事。在这个女孩来孤儿院的半年里,向卢拉倾诉了很多事情。现在她要搬到很远的地方去了,她感到非常不安。

卢拉也很不安。她知道这个女孩的事情,那是孤儿院里其他人不会知道的事情,是孩子不应该参与的事情,是卢拉只能小声地跟安娜说的事情——尽管街上没有人能听到她们的谈话,是孤儿院院长有权知道的事情,是即将成为她父母的人在同意领养之前应该表明立场的事情。

卢拉停在了人行道上。安娜怎么看待这件事?为那个女孩保守秘密,她这样做是对还是错?

那是波哥大的一个雨天,空气阴沉得像灌了铅一样,卢拉的黑眼睛在那里闪烁着。安娜看得出她有多么害怕受到指责,但是安娜不需要做出回答。卢拉迅速移开了目光,继续走了起来,她不停地为那身体受到侵害的女孩辩护,而不再提她内心的纠结了。

安娜在她旁边安静地走着,听见她说她已经决定了。对小女孩做出的承诺必须遵守。

安娜把她的两个袋子都拿在一只手里,另一只手挽在卢拉的胳膊下面,好让卢拉感觉到她在那里,在她身边。她把所有这些话又重新听了一遍——听卢拉讲她是如何觉得应该立刻向院长报告,应该有人指导她怎样去面对这样的信任;所有即将成为父母的人有权知道这个孩子的一切;这样的一种坦承是孤儿院和所有事情的出发点;只有所有各方都带着这样的共识,一项如此敏感的工作才能够继续进行下去。

"这是一件事关女孩声誉的大事!"

她磕磕绊绊地进行着自己的讨论。安娜不知道卢拉是在自言自语还是在跟她说话。不过她听得非常投入,都没有感觉到那两个袋子有多么沉,直到手指被勒出一道深沟。她不得不停下来把它们放到人行道上,搓一搓手,好让血液循环起来。

卢拉站在她身旁,把购物袋放在两脚之间,一言不发地仰望着那些山峰。突然她建议道,下一次访客日时安娜可以坐在窗口,看那女孩的新父母来接她。

那样安娜和她就可以在事后讨论这一切了——讨论那对父母、那个女孩、那种气氛——那样安娜就将知道她自己所知道的一切，她就不用一个人去思考所有这些事了。

这一天，她第一次露出了高兴的神情。

于是她们就这么做了。

安娜按时打扫完卫生，选择了洗衣房的那扇窗户，那里应该是观察街上状况的最佳地点。

她从那里看到，那对准备领养这个女孩的夫妇乘着出租车抵达了孤儿院。

丈夫首先从车里出来，为女士扶着门。妻子怀里抱着一个洋娃娃，丈夫手里则拿着一个薄薄的公文包。他戴着眼镜，深色的短发里有一些白头发，她则是浅色头发。他们一起走上那短短几级台阶，来到那扇蓝色的门面前按响了门铃，安静地站在那里，没有牵着手，直到有人来开门，他们走了进去。

安娜的心脏在胸膛里跳得非常厉害，使得她没法去关注那些细节。她自然没有做错什么，透过窗户往外看不是什么罪过，任何人都可能看见那儿发生的事情。

但并不是什么事情都会发生。安娜知道一些事情，一些所有从街上走过的人无法知晓的事情。她甚至知道那对夫妇自己都不知道但却可能会影响他们生活的事情。

这赋予了她什么样的责任？这让她变成了谁？现在她和卢拉平摊了那份罪责吗？

她把肩膀贴得太紧了，以至于胳膊都刺痛起来。她必须离开窗口，回到工作中去了，但她不知道访客日通常是怎么进行的，不知道那些夫妇看起来是什么样子的，不知道出租车们是怎么来的或是怎么等候的，甚至不知道在里面进行的访客活动会持续多久。

她看到了熨衣板，于是决定改变工作顺序。她通常都是晚上熨衣服的,她可以改为现在来做。两个小时后,她被炙热的蒸汽和紧张的等待弄得筋疲力尽,她想知道她还来不来得及准时去接马特奥。

可就在这时,那扇门开了。

那个女孩先走了出来,此刻抱着娃娃的人变成了她。安娜的心怦怦地跳了起来。那女人用手轻轻地搂着女孩的肩膀,男人拿公文包的手上还拎了一个蓝色图案的小布袋。

在坐上等候在门口的出租车之前,他们停了下来,拿出照相机。先是那男的给那女的和女孩照相,然后男人和女人交换位置,由女的来照。孤儿院的工作人员原本站在门口,见他们在拍照留念,就迅速跑出来帮他们拍了一张合照。

所有人脸上一直挂着微笑,那女孩也是。她脸色苍白,很瘦,穿着红色的牛仔裤和一件碎花衬衫。头发扎成了马尾辫,戴着一个白色的蝴蝶结。

安娜在洗衣房里浑身冒汗。她看见那个禁区在爆炸。不应该被看见也不应该被说出来的一切,就在眼前上演了。女孩那条新的红色牛仔裤刺痛了她的眼睛,让她的视线变得模糊。安娜把眼睛眨了又眨,但还是没能让那条牛仔裤归位。

太阳钻进了云层,街道暗了下来,那个赤裸的小女孩朝出租车走去,朝她的新生活走去,她的胳膊下夹着那个洋娃娃,还有她的那个大秘密。

安娜感到喘不过气来。此刻她的内心感到了刺痛,她摸了摸口袋里的手帕,然后看到了那将永远定格在她心里的一刻——那个女孩变成了另外一个女孩。

那对夫妇和工作人员分别握了手,女孩跟工作人员拥抱道别。出租车司机打开车门，女人和女孩坐进了后排座，男人坐到副驾驶的位子上，关上车门。工作人员微笑着挥手，司机发动汽车，车子开走了。

从汽车后窗透出来的那个僵硬的洋娃娃的脑袋，比女孩头上的蝴蝶结更长久地停留在了安娜的视线里。当她把目光转回孤儿院的时候，门已经关上了，外墙一如平常地安静、封闭。一如平常地被人们所遗忘。

\*

时间静止在第 16 页上。安娜盯着照相机的镜头，身后那棵树在沙沙作响。她眼睛睁得大大的，嘴唇发亮，眉头紧锁，似乎在思考什么问题。下巴下面露出了几厘米的衬衫领子和扣子。背景里还有很多树，她刚刚在上面攀爬过。从粗糙的树皮上滑下来，手掌有点刺痛。

安娜知道当照相机快门被按下的那一瞬间，衬衫贴着皮肤是什么感觉。衬衫的袖子有点小，廉价的棉布很粗糙，尤其是肚子那里。当她系扣子的时候，指尖已经记住了那方形纽扣的棱角，领子那里有一个线头或是接缝磨得她的脖子很痒。

这一切都被收入了第 16 页上的那张照片。

她还精确地知道，在照相机镜头的一开一合之间，根据太阳、那棵树和那位天使的位置，她站在什么地方。那永远都不会结束的永恒一刻。

那个瞬间发生在大公园里。每个星期天的下午，修女们会带着孩子们去那里做游戏、唱歌。大公园比小公园要远，在那些高高的灰绿色桉树的树荫下有秋千和长椅。星期天，人们可以在一个有冰柜和条纹阳伞的移动售货亭那里买冰激凌。每到半点和整点，远处修道院的钟声都会响起。那位天使每个星期天都会跟孩子们去那里——即便天气不好的时候——所以星期天就好像是节日一般。

"安娜！"

安娜已经等待了很久。一个又一个孩子被喊去，成为照相机里的相片。一个又一个星期天过去了，却一直都没有轮到她。

而现在，就在她转过身去的这一刻，照相机的镜头终于打开了，要把她的脸收进去。可是百分之一秒过后，那"咔嚓"一声将宣告属于她的这个瞬间结束了。

可是现在——此刻——终于轮到她了，就在她转过身去的这一刻。就是这个瞬间，这个唯一的瞬间。

幸福感穿透了她的身体。

她让这个瞬间变得长一点，让颤抖的感觉席卷过皮肤。她站在桉树凉爽的树荫下，双脚踩在湿漉漉的草地上。衬衫在上臂的位置绷得很紧，手掌刺痛发热。这一刻整个世界只有她、那位天使和照相机存在。

她可以随时随地把这个瞬间从记忆中调出来。

然后她转过身去对着照相机，对着那即将到来的瞬间。转身的动作也持续了很久很久，她不仅看到了那些桉树和树荫，还看到了一旁灌木丛中开花的树枝，还有其他孩子正在玩耍的秋千。

她看见那位天使站在照相机的后面。她俩都已经做好了准备。

安娜把目光对准了那个黑色的镜头，正如她之前听到的那位天使让她的伙伴们做的那样。那位天使拿着照相机站在她正前方，膝盖微微弯曲。她浅色的头发在阳光中闪闪发光，她浑身上下都在闪闪发光，公园里的一切都被她的光芒吸了进去，都被她的声音吸了进去。她在说很好，说一切都很好，说安娜很好。

这一刻时间静止了。

所有人都静止了，他们的目光集中到了这位明亮天使的黑色镜头上。

然后听到了"咔嚓"一声———一切又重新散开。树木开始沙沙作响，鸟儿们开始歌唱。安娜感觉心脏又跳动了起来。

这是幸福的瞬间。一个恰到好处的完美的瞬间。

\*

在安娜星星点点的记忆中，这本影集是最清晰的。安娜不喜欢那些星星点点中间的灰色模糊地带。她希望所有记忆都是清晰的，希望她能够想起更多的东西。不过那必须得是真正的记忆，而不是修女们讲述给她听的事情。

可是她怎么知道什么是什么，她怎么知道哪些是真实的，哪些是故事？

她甚至不记得那位天使除了"贝亚特"之外姓什么了。尽管她总是听见修女们说"女士"——然后是那个有着奇怪发音的简短的姓[①]。那个姓藏在了记忆的什么地方？她没

---

[①] 当地人在称呼别人时，一般先说"女士"或"先生"，然后再加上对方的姓。

有找到它。

而那些孩子的名字，她也记不全了。

只记得脸瘦瘦的瓦伦蒂娜——她就是那个最早叫"蓝眼睛"的女孩——还有宇安和那个一直都不愿意学走路的小约瑟——尽管他跟其他孩子一样不断在长高，但他的腿又细又软，就像意大利面条一样。

她还记得躺在她旁边那张床上的克里斯蒂娜，克里斯蒂娜从她妈妈那里得到了真正的金耳环，那是唯一一个来修道院探望过孩子的妈妈。

她一年来一次，就像一个落魄的王后来视察一样，每次都会引发一波同样的不安。

\*

在记忆中，克里斯蒂娜的妈妈是一具没有脸的身体。这具身体上穿着一件棕色的破旧的大衣，上面带着一个大领子。领子上冒出一个脑袋，戴着一顶黑色的毡帽，但是在那细细的帽檐下却没有脸，没有眼睛和面孔，没有鼻子，没有嘴，也没有声音。

大衣的下面有两条瘦瘦的腿，穿着厚厚的米色长袜，但是却没有脚，也没有鞋子。

是的，没有声音。

在大衣、帽子和长袜下面，还有哭泣。克里斯蒂娜的哭泣。安娜厌恶这种哭泣。

克里斯蒂娜会在妈妈离开她的时候大哭。她哭得很凶——几乎是带着婴儿般的尖叫——而且会持续很久。没有什么可以安慰她，晚餐的热汤、修女的抚抱，甚至是安娜对她的大喊大叫，都无法安慰她。

安娜不想忍受这种哭泣。它钻进了她心里，接管了一切。使得她没法思考，没法玩耍，没法吃饭，没法睡觉。

尤其可怕的是宿舍黑暗中的这种哭泣。她被关在这种哭泣里面，无法找到出口。她脑袋里全是那狂乱的哭喊，她只想出去，离开这种噪音，离开克里斯蒂娜，离开宿舍，离开这种黑夜。

知道自己无能为力，知道没有什么能让克里斯蒂娜停止哭泣，这种挫败感让她非常生气。她把枕头盖到头上，还有被子。她把手指塞进耳朵，在心里默默地唱歌。她迅速地念着对上帝的祷告。

终于有一位修女来到了宿舍，这时安娜的愤怒爆发了。当修女把盖在她头上的被子和枕头拿掉的时候，安娜忍不住尖叫道，克里斯蒂娜必须闭嘴！

现在，就现在，此刻！

可是修女却朝她"嘘"了一下。

叫她不要出声的是安吉拉修女。她说必须冷静一下的是安娜，她应该躺在床上保持安静。感到难过的人是克里斯蒂娜，不是安娜。

可是心脏却在安娜的身体里跳得如此猛烈，愤怒的情绪膨胀了起来，像炙热的岩浆一样，从头上流进肚子，流到腿和脚上，然后又涌回到头上，一圈接着一圈。

她想用枕头捂住脑袋，她恨克里斯蒂娜，恨安吉拉修女——她其实挺和蔼的，有一双柔软年轻的手，上面既没有皱纹也没有紫色的苍老的血管。但她首先恨的是那位来访的穿大衣的妈妈。她来修道院没有任何裨益。那些妈妈们最好永远都不要出现。安娜想要大声喊出来，好让整个宿舍的人都听见,但她又必须保持安静,那些话只能在枕头底下挤出来。安娜说了那些禁用的脏话,那些人们永远都不应该说的话。

可是安吉拉听见了,她再一次把枕头从安娜脸上拿掉,把它放回到安娜的脑袋下面。她轻柔地抚摸着安娜汗湿的头发。她的手像平时一样凉,安娜平静了一些。

安吉拉的手总是能让人平静一些。

然而克里斯蒂娜仍然在旁边那张床上哭着,安娜感到燥热不安。安吉拉问她要不要来点水,她点点头,小声问那个妈妈为什么不能让自己不要出现。

"因为她是克里斯蒂娜的妈妈。"安吉拉简单干脆地回答道。她起身去给这两个女孩一人端了一杯水来。

她回来之后,搬了一张椅子放在两张床中间,坐在黑黢黢的房间里。她用那双柔软的手缓缓地抚摸着两个女孩的手臂。

安娜想问安吉拉,如果现在她是她的妈妈,那她为什么不把克里斯蒂娜接回家。不过安吉拉却示意她不要说话。那凉凉的抚摸是如此单调乏味,以至于既平息了安娜的愤怒,也平息了她的问题。

两个女孩躺在相邻的床上缓缓地飘走了。睡意温柔地把她们带出了贫困的窘境,带出了宿舍的黑暗,带去了各自宁静和无梦的地方,带去了一个如此宁静的所在——那是一个专门为从被遗弃的哭喊中逃脱出来的人提供的虚无之境。

\*

第二天早上当她们醒来的时候，克里斯蒂娜没有哭泣，但是安娜却做好了迎接哭泣的准备。因此她很警惕。克里斯蒂娜在床上动着，方式很特别，如果靠近一点，能够听到她的抽泣声。这让安娜想到，哭泣存在于她的身体里，这哭泣让她与别的孩子显得有所不同。

这种不同既让安娜感到恐惧，也让她感到了刺激。

尤其让人感到刺激的是，看见她的金耳环在阳光下闪闪发亮是多么漂亮，而同时大家又都知道她有那个沉默的、蹲下身子穿着大衣的妈妈，知道她心里有着那么可怕的哭泣。那对闪闪发亮的金耳环比安娜那对用黄色金属做的要更圆更大。安娜的那对耳环是从修女们那里得来的，是她的受洗礼物或是生日礼物。她甚至都不确定到底是什么礼物。

\*

大衣妈妈的来访是修道院的一个大秘密，事前总会被一种气氛所笼罩，这种气氛会影响所有孩子好几个昼夜。她就像一场燃烧在其他人平静日常生活中的火灾。孩子们假装不关心她，但她就在那里。大家都知道接下来会发生什么，也都知道这是一起无法言说的事件，一起不应该被注意的事件。

正因如此，这场火才越烧越大，变得十分危险。孩子们比面对生日和圣诞节还要感到不安，甚至比在复活节密集的祷告上还要焦虑和嘈杂。

当大衣妈妈报告她即将到来的时候，克里斯蒂娜就消失了，尽管她人还在那里，在大家中间，其实就跟平常完全一样。但她身心里的某些东西改变了,使得她无法再属于大家。

直到她真正被接走的那一天。

这一天安娜甚至都不能看她,看她那张圆饼脸,看她那闪闪发亮的金耳环,还有她那充满期待的准备工作,这样的她让安娜很受刺激。

当大衣、毡帽和长袜终于沿着碎石路走来,然后她们一起走掉的时候,大家都顿时感到轻松下来。紧张的气氛暂时消失了,一切如常。唯一不同的是,这一天通常能吃到特别好吃的饭菜。

可是晚上克里斯蒂娜又回来了。又被送了回来。这时大家首先会羡慕地去看看她得到了什么东西。一盒只属于她的巧克力饼干,一双新的柔软的长袜,一个发夹。

然后就只剩下哭泣了。

有一次克里斯蒂娜得到了一件比巧克力和发夹更大的礼物——一个穿粉红色蕾丝连衣裙的洋娃娃,把它放平时眼睛会闭上的那种。那是一个她从不去玩的洋娃娃,每天它只是安静地坐在她的柜子上面,用它那睁着的蓝眼睛盯着前方,直到克里斯蒂娜十八岁时搬去了家政学校——一如其他每一个没有母亲的女孩一样。

可是修道院里没有其他人像克里斯蒂娜这样拥有一个属于自己的洋娃娃。洋娃娃、金耳环,还有她的哭泣,让大家知道那个大衣妈妈是真实存在的,让大家知道克里斯蒂娜并不是他们中间的一员。这三件东西便构成了本质的区别。

\*

除了克里斯蒂娜、瓦伦蒂娜、宇安和约瑟这几个人的脸和形象之外,其他孩子都从修道院那凉爽的、打扫得很干净的走廊和房间里消失了。

仿佛他们从来就没在那里存在过一样。

无论安娜怎样集中精力,她都无法完整地想起除了这四个人之外的其他人。虽然在那片灰色中间,她能隐约看见几个小小的模糊的身影,还有好多名字,但所有名字似乎都不确定,都无法将它们与某张确定的面孔联系起来。当安娜努力回想的时候,这一切都沉入了那片灰色之中。留下来的唯有那种感觉:她跟其他孩子拥挤地生活在一起,生活在一个集体之中。

安娜就身处在这群人中间。

白天这群人一起活动,一起窃窃私语、吃饭、唱歌、制造噪音。晚上她躺在这群人中间,躺在宿舍的黑暗之中,躺在这群人缓缓进入梦乡的仪式里——在那柔软的、共同的呼吸声里辗转反侧。

## ❀　　波哥大　❀

2014 年

就在差不多该起床的时候,我终于睡着了。这时房间已经很亮,飞机轰鸣,我不安地梦到自己一次又一次地失去了孩子们。他们很小,从我的手上溜走了。我们在一座我不认识的城市,然后我站在一个奇怪的办公室里,他们又不见了。然后我突然来到海滩上——我们的那片海滩上——寻找他们。

我穿着跟很久以前那次一样的那条蓝色连衣裙。但是那第一个早晨,当我穿上它的时候,我并不知道给婴儿换尿布时手腕上的束带会不起作用。在梦里那恼人的束带又出现了,我不停地甩手,然后就醒了。

\*

没多久之后,我们终于上路了。亚当和我坐在出租车的后排座上。街道上弥漫着柴油的废气,城市似乎已经被又小又快的摩托车淹没了,它们到处钻来钻去,总是能跑在你的前面。出租车司机在不满地骂着。

高速公路旁的安全岛上张贴着桑托斯总统的竞选海报。

我四处张望，想要寻找以前经常在肮脏的车流中四处乱跑、宛若进入无人之境的孩子们。那些在危险的车流中卖着坚果、水、笔、海绵等任何东西的孩子们。

他们真的消失了吗？总统真的帮助他们回了家？

司机给了一个很啰唆的回答。我们没有完全听懂，但也许，嗯，也许对那些最穷的人来说，是变得好了一些，更有保障了一些。不过这司机最想聊的还是对他自己孩子的担心——这个我太了解了。孩子们总是在大人的心里。

\*

很久以前的一个夏夜，我们开车从哥本哈根前往厄斯特伦，厄勒海峡①的天空带着初夏的蔚蓝。孩子们在汽车的后排座上睡觉，我们感到很幸福，他们在趣伏里②玩了一天，又满足又累。这会儿我们可以按照自己的想法在前排座上聊天、吃零食了。

当我们开过大桥的时候，有人挥手让我们驶进了一旁的边防站。一个穿反光背心的男人用一支强光手电筒直直地照到我们身上，照到在后排座上睡觉的孩子们身上。他每照到一个孩子，都会重复一遍那个问题：

这是谁的孩子？

仿佛我们是拐卖儿童的人。

我们不得不进行解释，并且打开后备厢。

然后得以离开！

---

① 厄勒海峡，位于丹麦与瑞典之间的海峡，2000年建成了厄勒海峡大桥。

② 趣伏里，欧洲最古老的游乐园，位于丹麦哥本哈根，建于1843年。

尽管我们被放行了,但是这个夏夜变得不再是蓝色。第二年夏天,以及之后、再之后的夏天,只要他们还小的每一个夏天,无论去哪里,我都会把他们的护照放进手提包里。这样做是为了在不让他们注意到的情况下,防范每一个类似盘问的情况发生。护照是我和孩子之间的脐带。

\*

出租车里,亚当坐在我的身边。他的胳膊触碰着我的胳膊,他的腿型我是如此熟悉,他的呼吸几乎就是我的呼吸。他是我的孩子,他的身体不可分割地驻扎在我的心里——他的整个人都在我的心里。跟另一个人联系得如此紧密,这是一种奇妙的感觉。

\*

从孤儿院回家的第一天,我们飞快地冲进房间,冲到澡盆那里。

我们从家里带来了澡盆。

我永远都不会忘记那个场景。

那个柔软的小身体。

在我们的手里。

洗完这第一个澡之后,假如我的孩子在一个全世界所有孩子聚集的广场上走丢了,我应该也能够把他们认出来。我能够认出他们耳郭的形状、脚趾和足跟的形状、肚脐周围的褶皱、睫毛、手指关节、下巴的曲线,还有哭声——

我能够认出他们的一切。

我通过认识和热爱他们身上的每一毫米,去战胜我与他们之间的不同。也许正因如此,使得现在跟他们的分离变得如此艰难。

仿佛心脏被从胸口撕裂。

\*

很多年前的另一个夏日,我和孩子们坐火车去旅行。学期结束,我带着四个孩子去过暑假。除了我们的三个孩子之外,还有女儿的一个伙伴,她的意大利血统使得两个女孩经常被人认作是姐妹——同样活泼,同样矮小,同样的深色头发和深色眼睛。

火车旅途又漫长又炎热,孩子们很渴望能有什么好玩的事情发生。这时一位老太太要去餐车,她的钱包掉到了我们车厢的地板上,所有的硬币全都滚了出来。

孩子们全都冲了出去,在地板上爬来爬去,把那些硬币捡起来。那位老太太可以安静地靠在一个座位上,伸出一只手去,从孩子们那里接过每一枚小小的硬币。

整个过程不过几秒钟。

随后老太太仔细地看了看我,又看了看完成任务后安安静静坐回我身边的孩子们,还没等我反应过来,她就从我膝盖上拎起我的一只手,把所有的硬币倒到我手上,用很差的英语说:

"欢迎来到瑞典。"

*

另一天在另一趟火车上，我们遇到了一个有着另外一种态度的女士。那是冬天，斯德哥尔摩的地铁车厢里站了一半的人。我抱着一个孩子，另外两个穿着连体服面对面地站在窗边。我们要坐很远，孩子们不停地在那里说话，说他们看到了什么以及我们要去哪里。那位女士坐在我正对面，她要下车了，当列车在站台上停下来时，她起身站到一半，身子向前凑到我面前，嘴几乎贴到我的脸了，我都能感觉到她的气息，她说：

"该死的黑婊子。"

我以为我听错了，说：

"对不起，你说什么？"

"该死的黑婊子。"她又说了一遍，然后下了车。

*

"黑婊子"，这是一个多次出现在我们周围的词。地铁上这位女士的这种情况，我认为指的是她的那种想象，想象我找了一个又一个，肤色多多少少有点黑的男人，然后有了这些孩子。在这个案例中婊子指的是我，而她想象中的那些男人是黑人。

在其他的案例中，比如几年后我们的女儿去厄斯特伦的一个室外游泳场玩，几个男孩朝她喊了这个词，我认为他们的意思是，九岁的她同时满足了这个词里"黑"和"婊子"这两层含义。不过我不是很确定。

\*

　　出租车再一次停在了红灯前漫长的队伍中。这会儿车里很热,距离我们见到马格达只剩短短几分钟了。司机平静地说,我们马上就到了。

　　亚当指了指跑过马路的一条狗。一条瘦弱的带着黄色斑点、皮毛打结的可怜鬼。

　　"你还记得我小时候我们来这里,我们数在街上看到多少条狗,还把它记在一个本子上,好让我学会数数。"

## 安娜

09:25

　　那群孩子在安娜耳边制造着不安的噪音。她已经走到门口并掏出了钥匙,但她仍感觉到马特奥的胳膊在把她往回拽。

　　她只回头看了一次。

　　尽管她知道他在她身后哭得多么绝望,知道他会被怎样粗暴地抱走,但她还是按照被允许的那样,只回了一次头。尽管她知道他挂着鼻涕的鼻子贴住的玻璃已经模糊了,知道他的老师非常不耐烦,拉着他的手让他松开窗帘。拉第一下是因为他今天又迟到了;拉第二下是因为他每天为了寻找保姆都哭得那么伤心欲绝,一点也不像其他孩子;最后一下拉得非常重,那是因为现在时间很紧了,要赶紧带他去唱歌,还要赶紧把晨会开完,然后带他们去院子里荡秋千。

　　安娜抬起头看那些山,看蓝色的天空,还有被群山挤向高处的雪白的云。

　　孩子们没完没了地荡着秋千。

　　就在她开门的那一刻,一辆出租车停在了孤儿院门外,安娜知道它是来为访客日送蛋糕的。卢拉告诉过她,每个星期三,北区最大的一家蛋糕店都会送来两个大蛋糕,以感谢孤儿院曾把一个很可爱的孩子送去他们家。

访客们走后,剩下的蛋糕晚上就归孩子们了——这是对他们看到白天被接走的小伙伴们以后产生失落感的一点安慰。

近在咫尺的大街上车辆嘈杂,出租车司机站在路边开着车门,身体探进车里按着喇叭。安娜没有听到这些声音,此刻她并不关心街上发生了什么。她的思绪被那一小群烦躁不安的孩子们抓住了,带着他们一起走进了房子。她进的不是门厅,而是修道院那空荡荡的走廊。

外面柱子上的钟响了。

丁零,丁零,丁零。

她继续穿过食堂里那些低矮的长桌,来到刺槐正在开花的院子里——尽管很久以前那些刺槐就已经被人砍掉不在了。

树后面是臭烘烘的茅房,沐浴在昔日的阳光下。院子里没有人,没有人在聊天,没有人在做游戏。

那一小群无所事事的孩子们解散了,安娜穿上围裙,变成了一个保姆。

\*

房子里的气味跟平时一样——被关了一晚上之后的气味,以及某种安娜不知道是什么的气味。一种她认为是房子的材料和家具、这家人的皮肤和毛发、呼吸和分泌物混在一起的气味。

她把墙壁、房顶和地板想象成一个提桶或是一层皮肤，笼罩着家具、地毯、窗帘和餐具，笼罩着书架上那些书页被翻过、被触碰过的书，笼罩着屋子里的一切——它们年复一年地从走着的、坐着的、睡着的、拉大便的、吃饭的、生活在这些屋子里的身体上吸附灰尘和颗粒。

她用同样的方式想象过她曾经工作过的另外两户人家的房子，把它们想象成盖子或皮肤，随着时间的推移、生命慢慢走向死亡，这些房子的周期也跟人类生长在了一起。

她停下来，去感受这种存在——去感受这栋房子的呼吸是怎样钩住她的呼吸的。她已经习惯了这样，习惯了走进这栋房子的机体里，习惯了在关上大门之后进入另一种细胞分裂之中。这就是她晚上想要回家的原因。

\*

开始工作前她先打开了那三扇面向街上的带铁栅栏的窗户——它们是底层唯一能够打开而不需要有人看着的窗户——好让她在厨房清理早餐盘子的时候，空气能够流通进来。广播开在那里，声音响亮的节目主持人隔一段时间就会告诉她现在的时刻。

她喜欢每天做同样的事情，以同样的秩序、用同样长的时间做这一切。这样她从一开始就知道她来得及把要做的所有事情全都做完。这让她很踏实，她知道如果自己保持这种秩序，就不用去多想她要做什么，或是该怎么去做。秩序以这种方式自动保持着自己的秩序，同时也小心翼翼地呵护着她。那样她就能一边来得及把活干完，一边让那些记忆和思绪留在原来的地方。

她通过污垢来感知这栋房子的时间。污垢最多的地方是最靠近地板的那几层书架、灶台上方的餐具柜、放刀叉的抽屉、门厅的地板、浴室的橱柜和马桶后面的瓷砖缝——就跟她工作过的所有豪华房子一样。

不过所有的房间和角落都有着各自变脏的方式，她从内到外地了解这栋房子、这个家庭特殊的藏污纳垢处，特殊的褶皱和气味：楼梯台阶的裂缝、床头柜里放的东西、灰尘堆积的地方、蠹虫沿着门槛和踢脚线活动的轨迹、洗碗池下面的那些小蟑螂——尽管夫人每个星期天都会喷药（安娜可不愿意），但它们还是在那里。

家务工作的每一个环节，目的永远都是把一个家复位到它初始的模样，或者至少复位成一个想象中的新的开始。这是一场永恒的比赛。安娜每天都要参加这场比赛，做一场反抗衰落和死亡的徒劳的斗争。这就是保姆的任务。然而除此之外还有马特奥，还有卢拉。

首先完成的是洗碗和收拾厨房的工作。安娜收拾掉餐桌上最后的东西，用刷子把亚麻桌布上这家人吃早饭落下的碎屑刷干净。她看了看这块白色的亚麻桌布，只有莫妮卡的位子附近有一块小小的棕色污渍，就是前一天留下的那块。她快速地权衡了一下，决定今天也不用把这块桌布换掉。如果她把烛台往右放一点的话，整个污渍就可以被遮住。没有人会看见，甚至是夫人。

然后是一楼的地板、门厅的厕所——那是孩子们和他们的伙伴通常要用的——以及楼梯。先用吸尘器吸每一级台阶，然后用拖把。然后用抹布擦楼上的扶手和栏杆。

安娜觉得楼梯特别重要，因为走楼梯的人除了会仔细留意落脚的位置之外不太会做其他什么事,所以能看见每一粒她理应清除的灰尘。因此她每天都会在楼梯上花很大力气,就像打扫先生和夫人的浴室一样。

当厨房、地板、餐厅和楼梯全都复位之后,房子的一楼又恢复了那种莫名的呆板。墙壁恢复了它的白色,木地板恢复了它那光亮的深棕色木纹。

所有的秩序重新归零。

安娜关上窗户。当她透过栅栏,朝被太阳晒得炙热的街道看去时,光线刺痛了她的眼睛。房间里始终都是那样昏暗,安静地就像在牢房里一样,无论什么季节,无论什么天气都同样阴凉。石头墙壁阻隔了寒意和热气,这座城市和这个世界的噪音被隔绝在了一个适当的距离之外。

现在只有我一个人,安娜想。只有保姆在这个家里。

\*

打扫房间和做饭安娜是在家政学校学的,但是她干活的这种秩序,却是在修道院养成的。在那里,日子被分配进了一个有规律的体系之中,没有人想要或者能够去改变它。

她记得那种秩序,但却想不起秩序中的自己。她就是秩序本身的一部分——仿佛她就是那些歌,仿佛就是卧室里的寂静、公园里的游戏、花园茅房里的臭气,仿佛她在那些祷告的呢喃中摇晃,在安吉拉修女的声音中摇晃,在那些桉树和刺槐高高的树冠下摇晃。

跟往常一样,一旦思绪离开这栋房子飞向修道院,那一小群幽灵一般的孩子就会重新围绕在她的身边。他们在一间间屋子里活动，无论她在做什么，他们都会在周围闲逛。

　　安娜想要把自己想象成这群人中的一个拥有独立的身体，独立的脸、手、腿和脚的孩子，但她却无法做到。她看不到自己的样子，看不到自己是谁。她眉毛旁的疤痕是什么时候有的？发生了什么事？她什么时候留起了长发？影集中那张照片上，她仍然是一头柔软的小姑娘的头发，刚刚长到耳垂那里。

　　她只能看见很少的几件衣服，尤其是那件她还没上学时穿的白色衬衫，它的领子出现在影集中。她还记得一件很厚的羊毛衫，穿在身上会发痒。不过其他的连衣裙或是裙子什么的就想不起来了，除了那双她每天早上穿着跑步上学的很旧的黑鞋之外，也想不起别的鞋子。

　　不过第一天上学的时候，她得到了一套校服。她记得那套校服的细节，因为那是属于她自己的。所有其他的衣服都是共用的。修道院的孩子们穿着它们长大，直到穿不下了。那些衣服存放在洗衣房外的柜子里。他们一周换洗两次内衣、背心和袜子。这些她都记得，但她不记得那些衣服是怎么分配的了，不记得当别人穿上那件让人发痒的羊毛衫或是白衬衫时，感觉是不是有点奇怪。

　　如今回想起来，她在想那些衣服是不是同样扎到了别的孩子的皮肤，当时她是不是在想，自己终于不用穿它们了。不过她现在还是不知道自己当时的想法。也许因为质量都很差或是用了廉价的洗涤剂，那些衣服穿起来都很痒？

　　但是她却记得那套校服，记得每天下午回家之后，她把它挂在卧室外面的走廊里。所有孩子的校服都在那里挂成一排。

当她把手伸向挂钩的时候,她总是会把外套正面朝外,好把胸前口袋上那枚漂亮的徽章露出来。她的衣架上有一个木块做的标签,上面画着一颗红樱桃,而校服上那枚绣上去的徽章也是红色的。那枚徽章是整套校服最漂亮的地方。上学第一年,为她新买的那件浅蓝色衬衫也让她感到很自豪。就是那件每洗一次就会起更多球、就会多掉一点色的衬衫。

她把那条会让裸露的大腿发痒的、深蓝色的皱巴巴的裙子挂在了最贴近墙壁的地方。

突然她想起了大腿,想起了坐在教室椅子上用指甲在裙子下面抓痒的样子,那些红色的抓痕肿了起来,从膝盖一直延伸到腹股沟。

她的腿!它们就在那里,藏在那条羊毛裙子的下面。

可真的是这样吗?

那套校服更像是被缝在了她的身体里面,缝在了皮肤里面,大腿上瘙痒的感觉仿佛是从里面传来的,仿佛她的身体里塞满了裙子,裙子是她身体里的填充物。

尽管她能从外面看到那一道道红色的抓痕,可是这些抓痕以及她身体的其余部分从某种意义上说仍是不可见的。她只能感觉到这些抓痕,却看不见自己坐在教室里、坐在那排椅子中央、穿着校服、不停地用指甲挠大腿的样子。

这也许跟修道院里没有大镜子有关。学校里也没有。或者是因为没有人用她看见自己的那种方式看着她。只有那位天使看到了她。她喊道:"安娜!"于是生命就活了起来。

### 安娜

10:30

安娜把吸尘器、抹布、水桶和清洁剂拖到楼上,直接左转,打开主卧室的门,把经历了一夜的那种陈腐的气味放出来。然后她赶紧穿过走廊,来到孩子们的地盘,开始打扫起来。

她在背后感觉到来自先生和夫人卧室的那种昏暗。绿色的厚窗帘把窗户整个遮住了,空气厚重,被刚刚在里面发生的什么给填满了。

过了一会儿,她终究还是得进去,这时她屏住呼吸,直到把窗户打开为止。光线和新鲜的空气冲了进来,安娜抬头看那些山,做着深呼吸,然后转身去整理那张每天都同样凌乱的床。被子、枕头和床单全都乱七八糟、皱皱巴巴的。地板上是脏衣服和湿毛巾,先生那潮湿的浴袍中央有一块地方散发着馊味。夫人的浴袍要干一些,放在床上,睡衣扔在浴室地板上,到处都是她长长的深色头发。每天都是这样。

安娜想起了城市另一头,她自己房间里的那张床的样子。她起床的时候,它看起来就像从未被睡过一样。她只需把床单抚抚平,把枕巾拉一拉,床就收拾好了。

她那蜷曲的身体似乎从不会掉头发或是皮屑,她也没有窗帘。她醒来的时候天还是黑的,回家的时候天同样是黑的。休息的日子里,她很享受在亮光中醒来的感觉。她常常安静地躺在床上,闭着眼睛,看光线穿过眼皮在那里飞舞。

有时候她在那明亮、飘忽、清醒的状态中睡了太久,以至于她开始害怕自己再也睁不开眼睛,这种感觉就跟她觉得自己再也不能跑步了、再也不知道该如何让神经听从指令了一样。

不过她当然是可以的。

突然她睁开了眼睛,看着自己的房间。它总是保持着它该有的样子。没有什么需要复位的,没有什么进展或是衰变需要去阻止。每天晚上她在这个干净的房间里入睡,她知道当她醒来的时候、当她第二天晚上回家的时候,这个房间看起来都是一样的。没有人会在她不知道的情况下在里面走动。没有人动她的东西。只有她在那里。

\*

楼上的打扫从孩子们的房间开始,那里感觉更简单一点,更明亮一点。安娜打开窗子。这里不需要铁栅栏防范入室盗窃,只需要从里面上锁就可以。所有窗户的钥匙她都装在围裙的口袋里。

孩子们的四个房间两两分在一边,带有各自的浴室,中间有一条走廊,走廊上有衣橱。她最愿意从那两个小孩的房间做起,她喜欢待在那里。至于那两个十几岁女孩的房间，自打夫人有点尴尬地把她们的投诉告诉她之后，则似乎要难打扫一点。

"也许安娜可以让她们的书桌保持原样吧？这样她们就可以随意把东西放在那里了。"

所以现在得让书桌保持原样不动，任凭上面堆满了杯子、喝空的汽水罐、电池、课本、糖纸、残留的化妆品、发带、护膝、电线这些没有分过类的杂物。所有东西都被波哥大那令人绝望的黑色灰尘所覆盖，这些尘土盖住了一切，落得到处都是。

安娜什么都没有去动。

她吸尘、擦地板和踢脚线、把废纸篓倒空、打扫浴室、把她们的衣服挂起来，并且每天铺上干净的床单。这是夫人的命令——每天都要有干净的床单。

也许她们并没有注意到所有这一切，因为写字台没被动过，因为她们根本来不及感受那些灰尘或是污垢，包括她们自己留在床上的那种香甜的气味。她们也许觉得，她根本已经不在房间里了，她已经看不到她们了。

可是她还在那里，还能看到她们。关于这两个房间里后续发生的事情，她所知道的要比她想知道的更多——要比这两个十几岁的孩子以为的、别人对她们所了解的更多。

安娜无法精确地说出她是怎样知道的、她知道些什么，但是正如在先生和夫人房间里一样，她就是*知道*。那些房间吐纳着她们成长的气息，沉重而凌厉，那种紧张的不安气氛遍布各处——在一团团揉皱的纸里，在柜子和抽屉里一堆堆东西间，在她们的衣服上，在她把脏衣服塞进洗衣机前清空的衣服口袋里。

她看见她们尚未成熟的、有点鼓鼓的、亮晶晶的脸蛋出现在她的面前——看见她们此刻正看着她，却仿佛压根儿没有看见她一样，或是仿佛看着她从她们房间搬出去的那一堆垃圾。

在莫妮卡和马特奥的房间打扫则要简单得多。她在这里干得又快又自信，她准确地知道自己应该怎么做，好让自己在从这里离开时以及让他们在回来时能够感到舒服。她知道他们希望怎样归置他们那些柔软的毛绒玩具，知道晚上他们最喜欢看到哪些睡衣摆在床上，知道哪些玩具上的哪些小部件是属于哪个孩子的房间的。

她在这些房间里来来回回忙了很久，把东西归类、摆放整齐，把瓶瓶罐罐拧好，把盖子合上，把倒下的东西扶正，把水渍擦干，把一切弄干净——复位。

空气透过敞开的窗户灌了进来，她想象着在这楼上，空气是径直从山上下来的，而不是从街上涌过来的。想象着它更加清新，跟云间的天空一样蓝，它让嘴里充满了水晶般清澈的氧气，吹进了衣橱和柜子，然后抵达最深的地方，进到另一头那间灰暗的主卧室里。好让她在最后走进那里的时候，完全不必去感受那种神秘的气味。

她一个房间接一个房间地打扫着，就像家政学校教的那样，像她应该做的那样，按照打扫一个家应有的程序。可事实上，她并不知道家是什么。

不知道一个孩子的房间应该怎样归置，不知道衣橱应该怎样整理，也不知道卧室和客厅通常应该是什么样子的。她从未有过一个家，直到现在她仍不完全肯定地知道她在一个家里应该怎么做。

因此她按照她所以为的样子，按照她觉得她所记得的第一次来到这个家的样子，来打扫并复位所有东西。可是现在，过了好多年之后，她怀疑她原先以为的样子已经变了，也许是她对房间和家的想象，变成了现在这家的样子。

她不知道。

有时候她会在晚上回家后试着去想象这家人出现在她面前，可是这很难，她看不到什么特别的东西，或者更准确地说，她无法让他们做出什么动作。他们只是像玩偶一样坐在他们的房间里，或是坐在餐桌旁。只要稍一放松，她就发现自己滑入了修道院大厅的那群人中间，发现在那里，在共同的呼吸之中，她可以停止去想象并且不再试图去成为安娜。

\*

那些修女没有一个对她不好的，或是特别严厉地对待过她。她从来没有挨过打，除了训斥之外，从来没有受过更严厉的处罚。相比兄弟姐妹间可能会有的愚蠢、邪恶、小气、嗯，甚至还有残忍——这是她在那些家庭工作以后明白的事情——修道院的孩子们就是温顺的小羊羔。修女、总务牧师、志愿者、老师，所有这些跟孩子相关的人，也许无法满足孩子们对爱的渴望，但通常情况下他们都是很公正的。

修道院的生活很大程度上是适应孩子们的需求的，没有人试图去改变它。修女们的手和关怀都很柔软，或者至少是正确的。那些日子被分割成了上课、唱歌、祷告、吃饭和打扫卫生。

他们欢迎所有的孩子帮忙做任何事情，可是没有人被强迫去做什么事,除了整理自己的床铺以及打扫茅房——这项工作由所有年纪已经大到每天要用茅房的孩子们来完成,采取轮流的时间表,由大孩子帮助较小的孩子一起完成。

生活很单调,但孩子们并不知道其他的生活方式。周末和节假日会有别的教区的来访者,带来衣服、食物和为孤儿们义捐的书。大家一起读新书里的内容,唱平时不唱的歌。这样的改变为他们稍稍打开了一扇通往外面世界的门。

一周里最好的时光,要数主日弥撒之后的那几个小时,那时大家会一起去大公园做游戏。如果天气很热的话,他们会一起坐在树荫下打盹儿,就像其他的家庭一样。

当她想到这种方式,并把她所记得的那些单个事情和现象串到一起,把它们合成一个整体,就像合成了一个关于修道院的故事的时候,记忆中的那些点常常会发生溶解,变成一幅完整的、亮度均匀的画面。

这时,她几乎能够看见自己站在其他人当中。

可是她能够做到这一点吗?她是真的看见了自己,还是感觉自己站在那里,仅仅因为她觉得自己大致知道那是怎么回事?

这两者的区别是什么?区别在于她的用词吗?记忆其实只是用语言包装起来的、被讲述出来的那些感觉吗?

她不知道。

她也不知道该如何来表达这种感受,那是一种如此明显的缺失;她在记忆中看不到自己,却仍然感觉自己身处那群孩子中间。是的,她仿佛仍然在那一小群孩子中间,被紧紧地包裹在校服里面，在修道院的石头建筑内部，在克里斯蒂娜的泪水里，在树荫下面。她深深地处在每天早晨机械的奔跑之中。

对孩提时代的记忆也许就是这样的——看到的是整个世界，看不到自己身在其中，看到的其实是活动，是感觉，是太阳、雨水、昏暗、光线。是这个世界中的一切。

也许所有人的记忆都是这样的？那些有父母、有兄弟姐妹、有家、有证明人的人，他们的记忆也是这样的？也许所有人都感觉自己像一块石头，身处小时候包围着他们的墙壁里面；像悲伤本身，藏在夜晚的哭泣之中；像夏日他们做游戏的树下太阳投射的光影。

那位天使召唤她的那一秒，她闻到了芬芳的味道。

安娜！

这一小群不被眷顾的孩子在那里移动着，来来回回地晃动，就像沉没的童年留下的残骸一般。

\*

安娜看了看表，最后穿过走廊，走向了那间主卧室。钥匙在围裙口袋里叮当作响。

先生和夫人的房间对着院子，比窗户冲着大街的孩子们的房间要安静一些。她把水桶和吸尘器放在外面，屏住呼吸走了进去，拉开窗帘，打开窗户。这时她才抬起头，让自己呼吸。

大床沐浴在刺眼的阳光下。安娜戴上橡胶手套，拆掉所有的床单被套，再一次屏住呼吸，好让那些气味和灰尘不进到肺里。她用洗衣篮的盖子把那些脏衣服推到一起，然后把它们统统铲进洗衣篮里，迅速地把篮子抱到楼下的洗衣房。她开始用洗衣机洗当天的第一篮衣服。在洗完之前，她不想去碰跟先生和夫人有关的任何东西。

接着她脱掉手套，走到衣柜那里。衣柜里的一切都摆放得整整齐齐，上面压着樟脑球和薰衣草袋。她拿出干净、平整的床单，感觉顿时好受了一点。现在刚刚过去的那个夜晚不见了，一切都是没有被动过的干净的未来。

半小时之后，当她从主卧室走出来并关上门的时候，这个房间就像这栋房子里其他房间一样，变得干净、安静，被重新归零。所有东西都各就其位，没有了气味，打扫得干干净净、了无痕迹，所有那些不应该被看到的以及她无法视而不见的东西，都被她藏到了该藏的地方。

这会儿先生和夫人要回家了，从城里回来，就像来到了随便哪个国家的一间无名的旅馆。他们会拉上厚重的绿色窗帘，把世界关在外面，跟任何人一样，重新开始他们的一切。

在浴室里，他们会看到自己的面庞映照在所有的物体上——镜子、洗脸池、浴缸、马桶、每一个水龙头和把手上。干净的白色毛巾被折好挂在烘干架上，散发出新的柠檬香皂的味道。而新的香皂总是会放在洗脸池的边缘——每一天都是这样。

在这里，他们可以脱去衣服，把自己洗干净，不受任何干扰地进行交合，滑入夜晚的呼吸之中，成为他们希望在对方面前展现的那个人。在这里，只有他们能看见正在发生的事情。而安娜要到这一切结束之后才会看见。

## 安娜

10:30

  安娜查看了楼上所有窗户是不是都上了锁，然后把孩子们的脏衣服和脏毛巾也都拿下来抱到洗衣房里。然后又回到楼上提盛着脏水的桶，还有装着一家人垃圾的沙沙作响的垃圾袋。

  最后一次走下楼梯的时候，她心想，身后的这栋房子终于可以消停了。接下来就是安安静静的等待。

  她走进厨房，用水冲了冲脸，洗了手，然后接了一杯水。她坐在洗碗池旁的凳子上，把第一口干净的水含在嘴里漱口，然后把它吐到水槽里。当把这栋房子的灰尘从自己身上冲洗掉之后，她才把那凉爽干净的水咽进肚子。

  因为这天是星期三，随后她待在了厨房和隔壁的洗衣房里。这是她自己的领地，在打扫完房间但访客时间还没到的这段多余的时间，她用来整理这两个地方。

  她先从冰箱开始，把所有的架子和抽屉里的黏物擦干净，然后是储藏室，接着填好第二天的购物单。她特别仔细地打扫洗碗池下面的柜子，好把蟑螂清除掉，不过更是为了把蟑螂药清除掉。把蟑螂药跟食物放得那么近肯定不好,尤其是对孩子们来说。

有好几次,她请夫人别再喷药了,可是她的请求似乎只是在她俩之间造成了一种无声的麻烦。每个星期一早晨当她来这里的时候,仍然能够闻到雷达喷雾剂那刺鼻的气味,可是却从来见不到瓶子。夫人肯定是把它藏在了什么地方。这让安娜很是愤怒,因为干了这么多年,她仍然没能了解这栋房子的所有角落。

安娜跟卢拉讨论过蟑螂药的事情,卢拉觉得她是对的——孩子、食物和蟑螂药不能够放在一起。儿童之家从来不会往厨房里的任何东西上喷药。

她摘掉橡胶手套,在水里冲了冲,然后把它们挂到了洗碗架上。她始终都能在眼前看到卢拉的脸——炯炯有神的黑眼睛、有着珍珠般洁白牙齿的嘴、嘴里粉红色的舌尖——这时她忍不住笑了起来。

只要一想到卢拉,安娜就会很高兴。她高兴于此刻她知道卢拉正在做着跟她一样的事情——打扫卫生。每个访客日,儿童之家都会进行大扫除。

安娜用机械的动作吸起尘来。随后她把这哐当作响的吸尘器放进柜子里,开始擦地——不是拖地。这深红色的石材地板漂亮但不实用,每天都得好好擦洗。厨房必须比所有其他的房间都要干净,这是安娜在家政学校里记住的教条。

在等地板干的时间里,安娜来到洗衣房,把洗好的第一批床单晾起来,把第二批脏衣服放进洗衣机里,把前一天潮湿的床单叠好——在把它们轧平之前,它们是不会被彻底晾干的。

她只把小件衣物挂在室内,床单要晾到院子里去晒太阳。夫人喜欢被太阳晒过的亚麻的香味。安娜把所有床单放在马特奥的浴盆里，抱着它来来回回地在房子里穿行。

时间到了十二点三十五分。还剩不到半个小时。可是透过洗衣房的窗户，可以看到一辆出租车已经停在砖房那蓝色的门外了。阳光受到车窗玻璃的反射，没法看清来的人是谁。

可是安娜的反应却很迅速，她摸了摸，门钥匙在围裙口袋里，她拿起她堆在门口的那些扎好口的垃圾袋，出门去扔垃圾。

在街上，她看见一位比较年轻的儿童护理员坐在出租车后座上。安娜认出了她，知道她早晨经常从公共汽车站那里走过来，她跟其他人一样都是七点半上班，所以这会儿她一定是去了某个其他的地方。

之前安娜从没见过这种事，她只是听卢拉讲起过是怎么回事。所以她扔完垃圾后停在了那里。她想看看，对于这一幕她已经期待很久了。

那个年轻的女人缓缓地从车里站起来，制服连衣裙的外面套着没有系扣的大衣。她怀里抱着什么东西，出租车司机走了出来，帮她扶着门，手搭在她的肩上，好像是在推她。

与此同时，那扇蓝色的门打开了。那里站着另一位女员工，穿着相同的连衣裙，但没穿大衣。

安娜知道正在发生什么事情，是一个孩子到来了。一个从医院领来的新生儿，此刻正被交到门口的那个女人手里。她微笑着伸出手臂，接过孩子。就在出租车司机得到车费的时候，她仍然站在门口，低头微笑地看着那个襁褓。

安娜一动不动地站在垃圾桶旁,看见了这个孩子永远不会知道的有关其身世的这一幕。这个发生在无人之境的一幕。这段没有人能够讲述的时间。产房里最初的几秒钟、伴随孩子而来的气味、尖叫声、第一个夜晚漫长的时间、穿过整个城市的旅行。

对于这个孩子来说,他生命的最初——那些小时、天、周、月甚至是年——都被笼罩在灰色的阴影中,没有见证人。

\*

安娜站在垃圾桶旁,在灰色阴影中看见了克里斯蒂娜那圆圆的娃娃脸。克里斯蒂娜吃饭总是那么快,仿佛有人随时会把她的盘子撤走似的。她喜欢一个人坐在游戏室里,抱着那只小小的布猴子——那是有一回,她从玩具抽屉里拿出来当成自己的布猴子。每天晚上她总是所有人中第一个睡着的,除了她哭着想要那个穿大衣的妈妈的夜晚。

尽管戴着漂亮的金耳环,克里斯蒂娜还是在修道院住到了要去上家政学校的年龄,比安娜早一年。她一个人背着她那崭新的黄色塑料旅行包离开了修道院,没有人来接她。

克里斯蒂娜用一个夏天就从一个干瘦的孤儿变成了一个粗壮的少女。开学之前,当她把校服从柜子里取出来的时候,她新的躯体在衬衫里绷得紧紧的,裙子扣不上了。那个曾经是克里斯蒂娜的孩子不见了,取而代之的是一个有着油腻腻的皮肤、带着口臭和刺耳笑声的体态丰满的女孩。

一天早晨,安娜看见了克里斯蒂娜床上的血。一大片红的血渍。安娜看着坐在床上打着哈欠、对身下迅速洇开的鲜血毫不知情的克里斯蒂娜。当安娜向她指出的时候，克里斯蒂娜似乎并不明白发生了什么。她跑掉了，过了一会儿，安吉拉修女带着干净的床单来了。克里斯蒂娜不见了。

仅仅只是过去了一个夏天，八个被祷告、去山间和公园远足这些内容填满的炎热的星期，之后一切都变了。安娜仍然是那样，浑身上下又瘦又平，而克里斯蒂娜却胖了起来，变成了另外一个样子。

安娜不想看到她，不想看到这种变化，她闭上眼睛好避免看到每天早晨克里斯蒂娜睡衣下面两腿之间若隐若现的那一小团毛茸茸的东西。她向上帝祈祷，不要让自己的脂肪、血液、胸脯和笑声经历像克里斯蒂娜这样不受控制的爆炸。不要经历如今克里斯蒂娜所经历的一切。甚至连她的鼻子都变得很粗大，突然之间就变得像一头猪一样。

此刻安娜对着这番记忆笑了起来。笑自己想要逃避成长的祷告，笑克里斯蒂娜变化了的身形。笑克里斯蒂娜——两年后她消失了，就像所有的孤儿一样，当他们不再是孩子的时候，他们就消失了。他们不再是那一小群没有名字的孩子中的一员，不再是那群每天晚上被修女、社工或是儿童之家的工作人员召集起来的一群没有名字的孩子。他们到了十八岁就消失了，离开修道院去过自己的生活，没有亲人也没有历史，就像他们一直以来的那样，孤独、了无痕迹、无家可归。

安娜的眼前出现了克里斯蒂娜走的那天下午她的那张脸。发带将乌黑的头发往后束着；猪一样的鼻子长在那张脸上，成为脸的一部分，似乎要把克里斯蒂娜的所有其他特征全都聚集起来；有点发紫的漂亮的厚嘴唇；还有酒窝。

安娜坐在自己的床上，看着克里斯蒂娜的手在收拾修女们刚刚给她的那个塑料旅行包。一只简单的黄色旅行包，上面带着一位不认识的捐献者写的广告语。她穿着另一位捐献者送的衬衫、深蓝色的羊毛裙子——那是一位修女给她的告别礼物。

那个会闭眼睛的洋娃娃被克里斯蒂娜放到了黄色旅行包的最下面。

安娜觉得，那个洋娃娃仍然待在旅行包最下面的黑暗之中，它永远闭着眼睛，被上面的衣服和流逝的时间压扁了。

当克里斯蒂娜起身把黄色旅行包背到肩上、走出修道院走向汽车站的时候，那个穿大衣的妈妈已经消失很多年了。没有人知道她为什么不来了，没有人知道她发生了什么，她到底活着还是死了。

这就是安娜记忆中的克里斯蒂娜，可她记住的就只有克里斯蒂娜吗？

安娜扔掉了垃圾袋，咚的一下松掉了垃圾桶的盖子。马路的另一边，出租车已经走了，那扇蓝色的大门已经关上了。

\*

安娜回过修道院两次，两次她都试图去战胜那些疑问，不再去思考自己的记忆。她试着对自己说，无论如何她都有一个地方可去，一个她可以回去的、仍然有几个人留在那里可以重逢可以询问的地方。

为什么不像其他人那样呢？时不时回家拜访一下，决意将那里作为归宿。

可是她做不到。

在她的记忆中，第一次回修道院的旅行就像一场漫长的、努力让一切如常的痉挛。至于是不是跟往常一样，安娜已经不知道了。她只知道自己穿过一个个大厅，试图在眼前显现出那些面孔和声音，好摆脱掉那一小群人幽灵般的飘荡。她心想，假如她能够在眼前看到那些孩子，看到他们的面孔听到他们的声音，她就会得到安宁。

可是到处都有干扰她的东西——陌生的物件、新的香味、新的孩子和修女，还有一位想要有另外一种秩序的新的牧师。

另外茅房不见了，取而代之的是厕所。八个窄窄的厕所隔间被装进了主楼，现在孩子们上厕所可以来去自由，不用征得允许了。

她对第二次回修道院的旅行记得更清楚一点。那时孩子们住的大厅也拆了。安娜坐公共汽车去的时候正下着雨，覆盖在废墟上的绿色防水篷布上的水洼里满是碎石和水泥。

教堂里面，圣坛已经被拆了下来进行清洗。到处都是湿气和灰尘的味道。所有人都蜷缩在冰冷的房间里，瑟瑟发抖。

他们当然欢迎安娜去，所有人都知道她是谁，都知道她要来。但是她却无法融入，没有事情可以做。第三天，她被电锯的声音吵醒了，当那些高大的刺槐树倒到地上的时候，悲伤就像一个毁灭一切的巨浪，冲进了她的心里。

哭泣的声音就像一声尖叫。一开始她并不明白这个声音,不明白它是从她身体里发出的。她背心外面套着大衣,孤独地站在院子里,她的哭泣淹没在了电锯的咆哮声中。

之后她醒过来,带着恐惧冲了出去,觉得有什么事必须停下来,必须住手,必须被阻止,正在发生的事情是不应该发生的。

然而那些树还是倒下了。一棵接着一棵。工头朝她挥挥手,让她走开。

在这之后,没有人能将安娜留住,待到第二天的祷告仪式。三个孩子将接受洗礼,之前她答应来读祷告文,可是她违背了自己的诺言,她整理好行李,独自走向了雨中的公共汽车站。

离公共汽车发车还有很长一段时间,可是她更愿意独自坐在车站里。修道院里没有她的地方,没有一个地方留有她的记忆。所有东西都不再是应有的样子,她不在那里,她没有留下来,她不属于那里。

当汽车开出车站广场,她最后一次瞥见那座钟楼的时候,她又有一种想哭的感觉。可是车上满是乘客和行李,她强忍着痛苦,以至于喉咙也刺痛起来。

汽车在狭窄陡峭的山路上缓缓地盘绕而下,驶向市区。她感到气短、憋闷、窒息,每停一站都想冲下车去开始奔跑。

可是她却坐在那里没有动。

她紧紧地抓着扶手,好让自己不会摔倒。她不再哭泣了。

\*

修女们把一张又一张照片从那本红色影集中抽出来,

送给每一个长大并且离开修道院的孩子作为告别礼物。由于这种无辜的善意，那些孤儿们的历史便以这样的方式消散了。关于他们以及他们的时间的唯一一个共同的故事，就这样无影无踪地消失了。

当安娜最终得到自己那一页的时候，最初的那些照片只剩下了寥寥几页。虽然修女们试着模仿那位天使的手法，给每一位新加入修道院的孩子拍了照片，可是没有人能使用那位天使的方式来握相机，在选择纸张和墨水时，没有人具备她那样的感觉，没有人拥有她那样迷人的笔迹。因此那本新影集已经跟旧的完全不一样了，对安娜来说也就没有任何意义了。

\*

在第 16 页的背后，标注着安娜的两个重要日期。短横前是她被艾莲娜修女从医院抱来的那一天，短横后是她离开修道院的日期。

在这两个日期之间，在她住在那里的十七年十个月零六天里，则是她每天都要读的关于玛利亚和耶稣的祷告。

她把这段祷告文教给了此后她照顾的那些家庭里的所有孩子。就是如今马特奥和莫妮卡每天吃早饭时，用他们柔软的小嘴贴着她的耳朵读的那一段。这是一段如山火一般，跟着安娜从修道院一路烧到城里的祷告文。

\*

那位天使离开了，留下了这本影集。安娜对她的离去或辞别一无所知，只知道这本影集留了下来，成了给孩子们的一件礼物。她是在晚祷后第一次见到它的，它被展示了出来，她知道她是隔着很远的距离看到它的，跟其他人坐在一起，那些红色的活页从某种角度来说，很像或者其实就是那位天使浅色的头发和皮肤。安娜想知道，"影集"这个词的意思跟"书"有什么区别。

然后她突然就独自一人坐到了物业管理员房间外的那张椅子上，翻阅着这本厚厚的影集。那一定是在中午时分，因为太阳照到了石头地板上。她紧紧地捧着活页册，在椅子上保持着平衡，就是在这样的全神贯注之下，她第一次遇见了自己的面孔和目光。

这件事发生在安娜上学前的那个夏天。随着开学日期的一天天临近，她常常坐在那里。那个夏天空气中有一种期待，仿佛有什么大事即将发生。校服被熨好了，跟新买的蓝色衬衣一起挂在钩子上，紧挨着克里斯蒂娜的衣服。安娜已经会数影集里的页码了。

也许她也已经会发名字里那些字母的音了，孩子们的名字写在他们的照片上方。或者她正在紧张的等待中学习发这些音。不管怎样，她知道刚开始上一年级的时候，别人说她几乎已经能把整张字母表背下来了。

老师表扬了她。

她不记得表扬的原话了，不记得那位老师在说那些话时的脸、嘴巴和表情。不过她记得，大家告诉她，她很能干。

这话是艾莲娜修女在盥洗室外面说的。她们站在衣柜旁，安娜刚刚穿上晚上睡觉的背心，光着脚站在冰冷的石头地板上。艾莲娜跟平常一样穿着她那双巨大的黑色皮鞋。

安娜很高兴，因为艾莲娜很高兴。甚至连她的头饰看起来都像是在微笑。

　　正是这种能给其他人带来快乐的感觉，好像一块柔软的底布，深藏在安娜的心里。从那以后，她总是希望能给别人带来快乐，希望得到微笑，来填充她那柔软的心底。可是是谁教会了她数字和字母？她也不知道。

## 波哥大

2014 年

经过了一昼夜多、差不多是两昼夜时间,我们见面了。现在我知道马格达很可爱,身材矮小,很丰满。没有皱纹。蜜桃一样的皮肤,穿着蜜桃颜色的衬衫。在我们拍的照片上,她都没有够到我和亚当的肩膀。

当我们终于见面的时候,我忘记了自己不知道该怎么做的迷惘。我们径直走向对方。她先是拥抱了亚当,说对不起;然后我俩彼此拥抱,说谢谢。

眼泪流了下来,我们互相感谢着对方、拥抱着对方,然后一场移交仪式似乎终于完成了。她交出,我们取得。现在我们完成了这场交接。

我们是在户外见的面,在一座过街天桥旁边。这座天桥一头连着一个巨大的交通环岛,另一头连着这座城市的一家新的购物中心。来往的车辆十分嘈杂,心脏在稀薄的空气中怦怦跳得厉害。在最初那令人颤抖的几分钟过去之后,我们走进购物中心,在一家咖啡馆里坐了几个小时。

窗外耸立着雄伟的山峰,而我们四周则是一家接着一家的商店，里面卖着跟瑞典和世界其他地方相同的商品——运动服、牛仔裤、运动鞋、药品、各类手机，还有来自世界各个角落的食品，各种各样的食品。

马格达想倾诉，我们则听着。她一直看着亚当的脸，想要握住他放在桌上的手。她一遍又一遍地反复说着亚当出生时是多么好看，他现在是多么好看。她拿他的脸跟他的亲兄弟或是同母异父的兄弟的脸进行比较，跟亲戚们的脸进行比较。亚当不得不参与这种他以前从未经历过的相似度评价。

"你到底有着谁的眼睛呢，又有着谁的嘴巴？"

马格达一边沉思一边抚摸着他的手，拿她的亲戚们来一一比对他的脸。我很想大喊说这里只有我们，只有我们。

"不管怎么样，你有着你哥哥的耳朵。"

她拉了拉他的耳垂。

我看见她的手跟他的很像。我的手放在膝盖上，很大，又细又苍白，上面可以看到血管。他们的手很小很软，很敏捷。她的手被这里的阳光晒成了金黄色——就像她身上所有地方一样，就像她整个人一样。她的手腕上戴着两条细细的银链子。我也一样，我们两个都穿着牛仔裤。我的牛仔裤是黑色的，产自意大利，她的是蓝色的，来自……我不知道，我们俩都穿着薄衬衫。我是长发，她是短发。她比我小五岁，生了五个儿子。他母亲帮她带大了四个。

亚当则被我们领养了。

此刻他正坐在她的正对面。

她上下打量着亚当，寻找仅跟他有关的记忆。我把这解读为她并不真的记得，这是可以理解的，她生了那么多儿子，记忆成了一摊烂泥，那些细节很容易就会被混在一起。

可是有很多事情是我非常想问的，关于儿童之家和医院的情况，关于伍兹奎兹医生怎么样了，她生产的时候他是不是在她家。如果他在那里的话，那么我们的三个孩子很可能全都是他接生的，以及生完后她去了哪里，她有没有回过儿童之家，有没有再见到亚当？

她看着窗外的山脉，没有说话。

波哥大在我们之间移动，它在摇晃震动。突然之间，仿佛是我跑过了那片广场。那家医院很旧，边缘仿佛破损了，而且颜色更绿了，就像周身长满了藻类植物一样。在那些花楸树——它们真的是花楸吗——的后面，突然出现了儿童之家那排低矮的砖房。那扇蓝色的门蠹立在那里，在风中开开合合。一切都是扭曲的，处在一种奇怪的视角中。

亚当咳了一下，我的思绪被重新拽了回来。马格达看着窗外的群山，我们没法得知太多的情况。她更愿意说她自己的母亲和外婆，她们在她最绝望的时候帮助了她。

她接着往下说，说到了后来那些年。很显然，她不想再一次回到那一天。不想回到在医院里的那几个小时，不想回到痛苦中，不想回到签字放弃这个孩子的情景中，不想回到她走后的那些日子。

她不想再一次将他遗弃。

可是她说，她一直留着亚当坐在他爷爷腿上的那张照片，她把它藏了起来，不给其他孩子看——她的儿子们直到现在才知道，这个家里还有一位兄弟存在。

她就这样谈着她的儿子们，然后笑了起来，就像人们在谈论自己孩子时都会出现的表情。马格达笑起来很漂亮，亚当也是这样，但是不同于她的笑容。此刻我发现，他的嘴没有受到她的影响。

在这购物中心的人造巨肺之中,波哥大的声音完全听不到了。波哥大平静了下来,缓缓地沉入了群山之间。

此刻她就在这里,马格达。她就坐在我的对面。我可以伸出手去,感觉她的体温。那个一直以来挺着肚子在阴影中快步走出儿童之家、穿过医院广场、穿过车水马龙的街道,永远都在离开的路上的她。

此刻她在这里。

风飕飕地刮着,死气沉沉的购物中心里很冷,空荡荡的肚子发出咕咕咕的回响。亚当和我在人造革沙发上紧紧地挨在一起。马格达仍然握着他放在桌子上的手。此刻我们在聊她那些儿子的父亲们,他们全都走了,而儿子们却留在了这座城市里,一起生活在他们的外婆,也就是马格达的母亲阿尔玛身边。

马格达又笑了。

两个小时过去了。这是二十二年之后了。在波哥大,山顶的那片天空慢慢地暗了下来,很快就要下雨了。波哥大熄灭了,黑得就像夜晚一样。

我递过礼物——选了一件最后觉得唯一可以送的礼物,一张裱在相框里的亚当的照片,是斯德哥尔摩的一个朋友照的。

然后我们起身,那种感觉再次降临——她是那么矮小,而亚当和我是那么高大。

分手之前,我们摆出各种姿势拍了照片。后来亚当和我忍不住对此感到惊讶,是亚当先说的——他说她看起来像是我们俩的孩子。

朝出口走去的时候,我们仨都倍感轻松。我确定,我们都很轻松。突然,她用另一种更为自在的方式笑了起来,说了一些家长里短的话,并且拿出了一顶她织给亚当的漂亮的帽子。

一股汗流从我的腋窝里冒了出来,流到了腰上。这时我才感觉到背后的衬衫已经湿透了,亚当身上有一种陌生的味道。

谈得很顺利,我俩互相用瑞典语说。见面非常顺利,我们都这样认为。现在我们想走了。我们都想走了。我们仨都想走。我觉得我们想要回归我们日常的生活,就是为了这个我们才来见面的。我觉得我们必须休息一会儿,我们仨。

商场外面,波哥大正在走进午后的黄色之中。雨停了,如果不下雨的话,夜幕降临之前这座城市会变成黄色。在这片黄色中,群山会显得更加巍峨,天空会被赋上一层层红色和紫色的云。每到下午的晚高峰时间,早晨水晶般湛蓝的天空和清新的山间空气,就会变成既不是传奇故事也不是环境灾难的奇怪的景象。

我们走进了城市之中。

车流密集起来,发出噪音和刺鼻的气味。人与人之间巨大的差异切割着我们的眼睛和心。黑色锃亮的大豪车带着深色的神秘车窗,跟那些老旧破损、拥挤不堪的铁皮公共汽车、跟那些灰扑扑的卡车和没有减震器的装着水果的小推车混杂在一起。

当我们在所住的那个街区下了出租车时,一个独腿的男子站在那里,挥着拳头抱怨说,过马路实在太难了。不过我们没有看到更多无家可归的狗。流浪狗和街头的孩子都变少了。

*

回到旅馆，我躺到床上，闭上眼睛，用枕头把头盖住。

现在我知道，她不确定瑞典到底在什么地方。我知道她是从哪一位社工那里得知亚当到了欧洲的，以及她是怎样得到那张亚当坐在他爷爷腿上的照片的。

在那之后的所有这些年里，她都以为亚当在德国的某个地方，大约靠近瑞士的地方。当她得知他其实是在更北的地方，在一个她应该从来都没有注意到的国家长大的时候，她似乎一点都不担心。

她围绕这件事情的反应，说明了她对亚当的记忆。她没有建立起一个关于他的图像世界。她保存了唯一的一张照片，这张照片意味着他看起来过得很好。至于他是在德国还是在其他什么地方，并没有什么太大的区别。

得知了她的这一点，让我的情绪得到了缓解。她不像我，她没有一个完整的世界去生活在其间，没有一个完整的世界去让她想象。

亚当试着解释我们在瑞典过得怎么样，住得怎么样，都做些什么，这个国家看起来是什么样子的。马格达很有礼貌地听着，但却没有多问。而现在，回到旅馆的宁静中，我才想起我们在夏季别墅避暑时拍的所有那些录像。在那里的沙滩上，在我们长着苹果树的院子里，在孩子们的老木屋里。

如果我把它们带着，如果我给她放这些录像就好了。如果她看到他婴儿时的样子，看到那个带着卷发的漂亮小男孩，看到那个动人的、越来越瘦长的十几岁小伙子——对她来说是好事还是坏事，是开心的事还是难过的事？

我无从知晓。

正如我们无法知晓所有那些没有发生的事情，那些没有成为现实的事情。

马格达抛弃了他。我们带走了他。

这才是现实。

而我们彼此谈论的，也正是这些。关于她离开他的时候，她正处于一种艰难的境地之中——没有工作，独自带着儿子们；她仍然住在她妈妈家里，当时和现在的哥伦比亚都是一个阶层固化的社会，一个严格的天主教国家，以上帝的名义禁止堕胎，并且看不起未婚母亲。

我们谈到在那之后波哥大这座城市的发展，谈到儿童之家和仍然留在那里的工作人员，谈到她写给亚当的信。那封信夹杂在所有的收养文件中寄到我们手里，也许是它曾经唤起了我心中对波哥大的想象。

但是我没有说到这个，这要解释起来会很难。

当然我们更多的还是谈到她的妈妈，她总是在那里帮助她。

\*

当天晚些时候我们又见面了，在阿尔玛外婆家里。亚当同父同母和同母异父的兄弟们下了班后陆续赶来。他们知道他的存在不过几个月的时间，但他们似乎已经习惯了这件事，并且愿意庆祝这个家的第一次团圆。

阿尔玛已经七十岁了，但仍然全职在一家家具店工作。

此刻她穿着她的花围裙，在小小的厨房里一盘接一盘地煎着馅饼——她已经知道了亚当喜欢吃的菜。

她眨着眼睛，那么温和地朝我笑着。随着时间一点点过去，我越发感到她和我仿佛有着某种共同的东西，我们是一样的。仿佛我们两个是所有这些大孩子们的外婆，是马格达的外婆，而马格达是我们可爱的、马虎的女儿。

我始终希望自己能不去想这个夜晚我们的角色，不去想谁是谁，谁做过什么。波哥大西北部苏巴区这套狭小的两室一厅里挤满了人，既热闹又开心，美妙极了。所有的兄弟和兄弟们的孩子都来了，邻居们也想参加。所有人都听说了这个重新被找到的儿子和他的妈妈——也就是我——的故事。

所有人看起来都是那么高兴。

马格达也很高兴。

在我们最后离开之前，阿尔玛给我们看这套公寓有一个额外的房间——厨房里面有一个非常小的熨衣间。所有的男孩都在那里睡过，一个接着一个。她说着，指了指那张窄窄的床。

亚当看到了他原本也应该住的地方。

\*

第二天，所有的母亲全都被抛在了一边。兄弟几个下班后，在一家酒吧见面。然而波哥大是一个危险的城市，比世界上绝大多数城市都要危险。在亚当出发之前，他搞得整个旅馆的人都来给他提醒和忠告。

因为时差、失眠以及所有那些强烈的感觉，我累坏了，他一走，我立刻就睡着了，尽管我应该再等上两个小时的。然后我在夜里十二点半又醒了过来——这是斯德哥尔摩的起床时间。

当我一想起发生了什么事，我就立刻焦急地去了他的房间。他自然还没有回来。我只好把我所有的不安都转嫁到了看似万能的手机上面。

可是他没有接电话。

接电话！

我看了看表，设定出这样一个版本：就在我写这三个字的那一刻，他恰好离开了酒吧有网络的区域。那样的话，最晚一个小时之内他就应该回来。

我看了看窗外的街。街上没有人。我在他的房间里转了一圈，看着他的卫衫、内裤、脏袜子、剃须泡沫、漱口水、充电器、电线，还有一面他要送给一位兄弟的哈马比球队队旗。

他没有回来。

我又往窗外看去。夜班保安拿着电警棍骑车经过楼下。他穿着高筒靴，戴着围巾和帽子。山间的夜晚终年寒冷。他的自行车发出嘎吱嘎吱的声响。街上空荡荡的。才刚刚过去三十五分钟。

我关上窗子，在屋里走来走去，又回到自己的房间，坐到被子下面，一遍又一遍地用手机发着"接电话、接电话、接电话"的短信，再次起身，朝街上看去。

夜班保安又骑着自行车回来了。

亚当没有回来。

几个小时后，当他终于回来的时候，我轻松极了，以至于只会在那里笑。突然间出租车就停在了那里,我以为我在做梦。可是它确实停在那里,停在阳台下面的马路上,真真切切地停在那里。我看见亚当走下车,他大笑着,心情不错,他所有的兄弟们在他身后狂欢。

多么好的夜晚,多么好的家人!所有人都冲着阳台上的我挥手。他们互相拥抱,大笑着,向再次骑过这里的夜班保安挥手。

亚当上楼的时候,两眼放着光。

"我们玩得太开心了!"

他很幸福,整个身上都放着光彩。

我冲他笑了笑,不安的感觉渐渐消失了。失眠还是有帮助的。哥伦比亚跟平常一样,带着金属的味道,肚子总是感觉空荡荡的。亚当身上满是啤酒的气味,他想用手机向我展示这整个夜晚发生的事情。

当我们各自关上房门后,我产生了一种感觉:我关闭了我自己,关闭了马格达,也关闭了我们这一代人。最后我还关闭了镜子之城——那座沉没的波哥大。

现在所有关于抛弃与收养的故事都结束了。刚刚见到的这些兄弟无关之前发生的事情。马格达的大秘密结束了,就如同我对她的所有想象,我对发生的事情和过程的所有想象一样,都结束了。我们双方可能的罪责已经无关紧要了。

在波哥大,时间不是跑进了小路,就是伴随波哥大的节奏往前行进,无论哪种方式都不重要。现在接管一切的是我们的孩子。在他们之间,一切都是它该有的样子。

\*

我听着墙那边亚当的动静。他刷了牙,收拾了一会儿,然后上床躺下。最后一班孤独的飞机离开了埃尔多拉多机场。除此之外,群山之间的这座超级大城一片寂静。

我仍然无法入睡。睡眠仿佛永远地离开了我,或者停止了。幸好有 Skype[①],瑞典现在是白天,不像这里是黑夜。

幸运的是,孩子们的爸爸是我的丈夫,现在我可以给他打电话,聊上一整个夜晚。

---

① Skype,一种网络视频电话。

## 波哥大

2014 年

我们最后一次相见。

亚当和我又坐车去了市中心,去了在家具店上班的外婆那里。马格达和兄弟中的一个也去了那里。我们一起去了街角的一家餐馆吃了午饭。

气氛欢快而俏皮。现在我们很了解对方了,表现得就像一家人一样。我们像周围所有人一样,吃鸡汤配玉米、鳄梨和番石榴。我觉得这看起来非常家常,就像我们已经认识了很久,也许已经认识了一辈子一样。外婆跟亚当开了些玩笑,我们又聊起了哥伦比亚,聊起总统与反政府武装组织的谈判、新的社会改革,以及亚当的生物学意义上的爸爸——他现在搬去了更远的地方,既没有跟自己那么多的孩子联系,也没有跟他们的妈妈们联系。

两个小时后,当我们起身时,外婆看到了马格达装着衣服的塑料袋。她的脸色阴沉下来,隔着好远都能看出她生气的样子。

"你连包都没有吗?"

她看着自己不听话的孩子,那种眼神是我以前没有见过的,但是我却认得。马格达恼火地看向别处,那种沉默的气氛也是我经历过的。我们都是家庭中的孩子和母亲。

我们走出餐馆的时候,雨来了。所有东西都脏兮兮、灰蒙蒙的,天空是灰暗的紫色,看起来似乎随时都会打雷。然而空气却是冰冷冰冷的。

马格达想坐我们的出租车去汽车站。为了我们的见面,她已经在波哥大待了三天,并且再一次挤进了他妈妈家的那个小小的熨衣间里。现在她要回去了,回她新丈夫的家里。

我们用好多个温暖的拥抱来跟外婆告别,她在我耳边小声说,不要为了"孩子们终究是不属于我们的"而哭泣。然后我们——她和我——多次回过头去跟对方挥手。

\*

稍晚些时候我们在出租车里,马格达给我们看了她新丈夫的照片。亚当礼貌地听她说,直到我们到达了汽车站。

这时大雨倾盆而下。

我们互相拥抱,浑身都湿透了,沉默不语。当她穿越巨大的停车场时,亚当把手插进了牛仔裤里。那个塑料袋拍打着她的腿,她那黄色的裤子在雨中显得很亮。她看上去是那么瘦小,就像一个老姑娘一样。

群山沉默地围绕着我们,我最后一次看见她出现在撒玛利亚医院旁的树下,手捂着她的大肚子。她头顶的天空暗了下来。医院黑黢黢的,没有亮光,突然间她就不见了。

我们已经在出租车的后排座上挤了很久。亚当伸展了一下身体,我深深地吸了一口气,此时马格达走进了那些汽车中间。她右手拎着塑料袋，在一个个水洼间绕行。这会儿她看上去更小了。

那种感觉又上来了，仿佛她是孩子，而我们——亚当和我——是她的父母。

这会儿她要进站了，我们准备跟她挥手告别。

她没有转过身来。

这并非一场特别具有戏剧感的告别仪式，她没有转过身来。我们站在那里看着她的背影，直到她消失。当出租车拐进博雅卡路汹涌的车流往城里返回的时候，我最后一次回过头去。可是我却再没有看到她。

## 安娜

12:55

这本影集想怎么样就怎么样吧,这会儿安娜心想。无论数字还是字母,无论是褒是贬,无论是真的还是假的。她坐到厨房的凳子上,又接了一杯水。

这一天的某样东西,她想,可能是光或者空气中的什么,让她的眼前出现了克里斯蒂娜。

她吞了一口水,用舌头去舔上颚,再一次进入每一个字母的形状变成声音的那一瞬间——那个声音从修女们的嘴里发出来,那是她们在唤孩子们。喊她和喊克里斯蒂娜是不同的声音,但听着仍然是一样的。安娜的第一个音跟克里斯蒂娜的最后一个音是一样的。[①] 她们之间是不一样的,但听着一样。正是以这样的方式,字母 A 来到了她这里。它就像嘴里的一个声音,同时也有着墨水书写的形状,蓝紫的颜色将她和克里斯蒂娜在那本影集中联系在了一起。

她仔细地在属于她的第 16 页和克里斯蒂娜的第 5 页之间翻着,并且大声地念了出来:安娜、克里斯蒂娜、安娜、克里斯蒂娜。A 所代表的那个奇怪的声音再次穿透了时间,

---

① 都是元音 a。

闯进这栋房子巨大的安静之中，飘荡在克里斯蒂娜圆圆的娃娃脸和鹦鹉伊斯卡里奥特新拉在报纸上的粪堆上空。

"你好。"鹦鹉看见她在看它，喊了一声。

"安娜。"安娜也朝它喊了一声，把那黏糊糊的发着蓝光的鸟粪装进簸箕里，回过头来朝垃圾桶望去。

"学会说安娜！"

此刻太阳直直地照在城市上空，照在对面那扇蓝色的门上。门开了，张着大嘴，把那个刚出生的孩子吞了进去，然后关上。

安娜瞪着那扇门。它仿佛挑衅般地紧闭着。明天见到卢拉时她可以得知那个新来的孩子的情况，可是她等不及了。

她手里拿着簸箕，想象着马路对面的某个人此刻正打开毯子，查看包在脐带残端上的纱布，想象着那小小指甲的透明颜色，想象着那双新生的眼睛里远古的深邃。

马特奥那深邃的目光深深地藏在她的心里。

还有那位妈妈，生完了孩子的她，此刻她在这座城市的什么地方呢？一位刚刚生完孩子并且抛下孩子离去的母亲，她在做什么呢？回家，还是离开家？带着肚子里的那个空洞，她会去哪里？

安娜的眼里涌出了泪水。她朝卢拉通常站的那个角落望去。今天那里却是空荡荡的！

她转过身去，快步走过垃圾桶，把那堆鸟粪扔进了灌木丛中。上帝，这点鸟粪扔在灌木丛中可能比扔在垃圾桶里更好。

卢拉的岁数比安娜要小，但安娜没有问过小多少，因为除了当下发生的事情之外，她们还顾不上谈论别的事情。她们的友谊存在于沉重的购物袋里，存在于各种各样的商品里，存在于肉的质量，大米、椰子、西红柿、油的价格以及如何让沮丧的孩子多吃一点这些话题上。她们的友谊存在于波哥大的母亲和孩子们的故事之中。

卢拉不知道安娜是从哪里来的，安娜只知道卢拉光滑的皮肤和珍珠般洁白的牙齿在告诉她，她小时候是被人宠着的，除此之外安娜对她的历史没有更多的了解。

安娜的一边眉毛旁有一个难看的疤痕，牙齿上有很多污渍，直到最近她才知道牙医可以用橡胶辊把所有这些丑陋和不整洁的东西打磨掉。

卢拉的鼻子和颧骨上有很多小雀斑，仿佛一个个黑色的太阳。只要真正的太阳能够照到她身上，她就会光彩照人。

就连坐在家乐福超市苍白灯光下的那位收银员大妈，只要一看到卢拉就会说"太阳来了"，即便首先推着小车走过来的那个人是安娜。

安娜明白就是这样的，所有人都看着卢拉。

不过没关系，因为卢拉散发的光彩并不仅仅只让安娜看到，而是也传染给了她，使她也成为这种光彩的一部分。跟卢拉在一起时她很健谈很开心，当卢拉一遍遍地劝告她"挺起来，挺高一点，别让自己看起来像一个保姆"时，她的身体甚至都不僵硬佝偻了。

尤其是当她把温暖的手放在她的腰上时，安娜就会骄傲地挺得更高一些。

保姆们在家乐福超市里见面。中午的时候，这个巨大的超市被推着满满当当的购物车、身穿廉价大衣的身材矮小的女人们挤满了。有几个会互相点点头，但却鲜有时间停下来交谈，工作人员也很少需要回答问题，因为她们所有人对一切都已了如指掌。

那一条条通道就像长长的飞机跑道，被探头监控着。广播里流淌着让人平静的宗教音乐，它时不时地会被一个低沉的女声打断，那女声报着价格，建议大家去买豌豆、肥皂、猪排、酱料、卫生巾、当日水果等任何东西。

卢拉和安娜知道家乐福的每一个地方：所有的大路和捷径，所有的通道、架子和货柜，所有会让购物车的轮子陷进去的洞，以及员工中的哪几个人在提供试吃食品的时候很小气。

卢拉对几乎所有人点头微笑，让这死气沉沉又被严密监控的气氛变得有趣了一些。在她身体深处生成并油然散发出来的笑，可以嘲笑一切，但并不生硬粗暴——收银员输错了梨的价格；银行卡刷不出钱；儿童之家的男孩早晨被送了回来，因为他打骂自己的新父母；整个怀孕期间都在哭泣的妈妈，最后生了一个男孩并决定留下他。

"可她还是在那里哭，真是一个爱哭鬼！"

卢拉又笑了起来。

她和安娜在什么地方，在做什么事情都无关紧要。她俩几乎永远都在谈论儿童之家，谈论那里发生了什么事情。

卢拉。

这个名字在安娜嘴里就像一块甜甜的饼干，那是四个产生美好的字母。

在遇到卢拉之前,她是谁呢?她是怎样度过那些日子的?是怎样忍受把那些沉重的袋子拖回家这样的工作的?还有那些单调的家务活——在她不知道马路对面有一个卢拉的时候,是什么让她坚持了下来?嗯,是马特奥。有他在。

*

安娜刚要开始在这个家工作,夫人第一时间就让她知道,这即将出生的第四个孩子完全是不在计划之中的。是上帝选中了他,她说。是她的丈夫非常想在有了三个女儿之后,再做最后一次尝试看看能不能得到一个王子。

安娜更喜欢听夫人说"上帝的意愿"而不是"先生的意愿",这样就能把这场偶然事件也从她自己的生活中远远地驱逐出去。她也喜欢被邀请去客厅里去喝咖啡——而不是在厨房里——喜欢夫人花一点时间坐下来,坐上一整个小时,而不是太过详细地去讯问安娜的背景和生活。她喜欢夫人跟她聊很多她自己家庭的事情,还有在他们家要做哪些工作这样的话题。

不过她们聊得最多的还是那个即将出生的孩子,他在红色的连衣裙下美好地等待着,他会时不时重重地踢一下夫人,让她一颤,然后她把手按在肚子上,就像所有孕妇一样——陷入幻想,进入自己的世界,仿佛整个人都游离了。

安娜也许梦想着有一个自己的孩子,但却不认为她的生活能够容纳这样的梦想。在那些家庭里工作过之后,她所知道的就是,自己很适合小孩子,他们喜欢她,喜欢缠在她的身边。她很容易就喜欢上他们。糟糕的是后来的事，当他们长大了，进入十几岁的年龄之后。

一开始安娜不明白发生了什么事。当安娜之前照顾了多年的小姑娘劳拉转身离开、不想理她的时候，那种感觉是如此不真实。她好像突然之间就成了一个外人。安娜不能去碰她，不能跟她说话。她不跟任何人说话。一开始连女主人都似乎没有注意到发生在自己家里的这场灾难。

安娜向上帝祈祷，希望这一切会过去，希望这是一场会醒来的噩梦。每天早晨当她上楼热巧克力牛奶的时候，她都希望这个女孩能走进餐厅，重新做回自己。

可情况却只是越来越糟。

劳拉拒绝在餐厅吃早饭，她不愿意安娜去学校门口接她，安娜得站在足足一个街区之外，在外面不能跟她说话。她不能进她的房间，有同学来的时候，安娜不能跟他们打招呼。

她们之间曾有过的所有小小信任、所有习惯、拥抱、眼神、在餐厅里度过的漫长的下午，全都不见了。仿佛这些从来都没有存在过。

最终安娜辞了职，搬去了下一户人家。

劳拉带来的悲伤没有教会她在下一户人家不去接近孩子，这是不可能的事，但教会了她如何及时地辞去工作。她还学会了每一个母亲迟早必须学会的道理——孩子会长大，会长成愤怒的青春期少男少女，要等很久才会慢慢变得成熟起来。

而到了那个时候，他们早就已经不关心自己的老保姆了。

\*

夫人坐在沙发上，正对着安娜，挺着她的大肚子。她那条红色的丝质连衣裙完美地裹着充盈的乳房和苗条的双腿。她穿着一双奶油色高跟鞋，皮质在连衣裙映衬下闪闪发亮。安娜坐在柔软的扶手椅边缘，正对着她。自打那第一天见面之后，她就再也没有在那里坐过。

夫人小口啜饮着咖啡，说她和她丈夫在孩子的问题上是很仔细的。孩子们是最重要的，打扫卫生、买东西和做饭是次要的。安娜首先是为了孩子们而存在。

因为她用这种方式来描述安娜在这个家里即将扮演的角色，所以在安娜从那里回去的路上，"育儿员"这三个字就跳了出来，取代了"保姆"这个词。也许正是因为这两个词之间的差别，使得她不想去看车窗外那辆被撞翻的水果推车，无法忍受那两个瘦弱的男人徒劳地去抢救掉在排水沟里的瓜。

她只想坐在座位上，让自己离修道院的儿童宿舍再远一点，离保姆的辛苦劳作再远一点，离那些自命不凡的青春期孩子黑色的目光和自我释放再远一点。不管怎样，一名育儿员不仅负责家务和垃圾，他们还把自己的生活托付给了她。这下一切也许都会好起来。

可是汽车却停在那里不动，果浆飞溅到周围的汽车上，那两个男人在众目睽睽下无助地跟他们的败局做着抗争。

安娜闭上眼睛不想去看。当汽车启动继续前行的时候，她跟其他所有乘客一样，立刻把那一幕不幸忘掉了。第二天早晨，当他们所有人乘车经过同一路段、重回自己单调的工作时，那辆水果推车已经不在了。

"育儿员",这个词在跟着她飞舞。一开始她想,"只等孩子到来就会实现"。每天晚上当她结束了在夫人家里一整天的忙碌后坐车回家时,这个念头就会像一种安慰一般降临:只等孩子到来。

夫人变得越来越不爱动、越来越浮肿。现在不仅是肚子变得巨大,连第一天见面时那条红色连衣裙和那双薄皮鞋赋予她的清凉优雅感也荡然无存。

但她仍然表现得像个女王,想在孩子到来之前把所有事情做好。安娜被她指挥着一会儿去房子这里一会儿去房子那里,还要去各种不同的商店。无论她去哪里,无论她做什么,都能听到夫人在那里气喘吁吁地说有新的犄角旮旯需要清洁、通风和腾空。

只等夫人开始阵痛,安娜心想,只等孩子到来就会实现。

可夫人似乎认为,在孩子最终降临的时候,存在一个原点,所有的一切将从那里出发。

可是在一个厨房里,在一间浴室里,在一个家里,怎样才是原点呢?

三个女孩要准时吃饭、上学;先生的衬衫要熨烫、浆洗;所有的床都要铺好,所以每天要把床单洗干净、轧平;还有擦地、做饭、采购,去干洗店、修鞋铺和邮局。

只等孩子到来。

然后孩子到来了。在那三个星期里,安娜想:只等夫人开始上班,到时就会实现。

然后就实现了。

夫人开始上班了,出租车驶走的时候,安娜一个人怀抱着刚出生的马特奥站在那里——它实现了——她成了"育儿员"。可她还是不可避免地兼任着"保姆"。她既是育儿员又是保姆,这两者该怎么结合呢?

出租车驶走了,安娜第一次在怀里抱着一个刚出生的婴儿。夫人晚上要很晚才会回家,房子又大又空,她得一个人让裹在毯子里的这个柔弱的小男孩度过一整天。

不过她也将一个人面对这令人眩晕的幸福——成为那个唯一能拯救他、安慰他、温暖他的人。

\*

安娜沉浸在爱中。世界既缩小又变大了——一切都成了这个孩子。真为夫人感到遗憾,她不明白一个婴儿的需求有多大;真为全世界所有不曾明白跟一个婴儿一起生活是怎样的、不曾理解孩子是什么的夫人们感到遗憾。跟孩子们相处越多,天地万物就会向你敞开得越大,就越难——几乎是无法忍受——去离开他们、离开家、不跟他们在一起。

最后除了马特奥,其他一切都不存在了。安娜看不见也不想要其他任何东西。她不顾一切地要在那里,要跟他在一起。

\*

因为一切都那么顺利,所以很快,夫人花在工作上的时间就比之前预想的要多了起来。她带了两本关于婴儿护理的书回家,说"安娜得好好读一读"。

每天早上安娜来的时候,冰箱里已经放好了母乳,马特奥很容易喂也很容易带,安娜也很容易教。夫人和先生都这么说。一切都很轻松，或许正因如此，这个婴儿才这么容易成为她的孩子。

很快，马特奥就把目光深深地定格在她的目光里，他们一起陷入了对方的韵律和心跳之中。有时候陷得那么深，以至于她和他都在彼此产生的温度中睡着了。当她醒来的时候，她会在自己新的现实里，换个方式继续陷进去。

她抱着一个睡着的孩子，心脏因为平静的幸福而翻滚跳动。这样一个小男孩能够改变整个世界，能够和她一起改变整个世界！

当最初的不确定感平息下来，她发现一切进行得很顺利，她能够胜任、能够把他照顾好，这个时候，他的目光、他的香味、他身上的某种东西，让她在这种爱中陷得更深了。他眼睛里的信任，从他脑袋传递到她胸口的温度，还有他吮吸奶瓶的声音——使得她解开衬衫，让他在吃奶时更加亲近她的皮肤。

这是如此简单和自然。书上到处在说"亲近"是多么重要。直到现在安娜才听说这个词。夫人也说，在安娜打扫房间和做饭时也得一直抱着他、亲近他，这非常重要。

安娜在劳作时尽可能地抱着马特奥，在打扫房间的时候把他和他的毯子从一个房间抱到另一个房间，跟他说话，给他唱歌，把她所知道的一切都讲给他听。

不过最好的还是坐在扶手椅上喂他吃奶的时刻。那是完全不一样的感受。

每天晚上夫人坐在浴缸里，乳房上带着吸奶器，读她的文件，而这时安娜在孩子的房间里让宝宝吮吸奶嘴。夫人说，她挤奶是为了给自己的孩子喝母乳，但她不想让他依赖自己的乳房。不能像当年喂那几个女儿一样,她没法好好睡觉,只要她一走,她们就哭。

安娜点点头说她明白,并在他要吃奶的时候,用越来越强的习惯和自信,把他放到自己的衬衫里面。她这么做,他就会更快地停止因饥饿而产生的哭闹,扎进她的怀里,成了一种无法抗拒的习惯。

也许"亲近"本身就是一种荣耀,她想。能够成为这样的人——虽不能足够快地解开扣子,不能足够快地赶来把奶瓶塞进他张开的粉红色小嘴里,虽不能足够快,但不管怎样始终能够缓解他的饥饿、成为他的全部——能够成为这样一个人,这本身就是一种荣耀。

她并没有决定允许他这么做,但是有一天,他不仅仅只是躺在她的乳房旁边吮吸奶瓶,而是吮吸起了她的乳房。她像平常一样拿着奶瓶,这时她松开她的小拇指,把胸罩往下拨,这件事就这么突然地发生了。

他第一次咬住奶头的时候,她真的很疼。他很急切,目光中有一种野性的东西,努力地吮吸着她空空的乳房。他是如此英勇,浑身都被汗水湿透了,然而直到他决定放弃并开始哭喊的时候,她才重新把奶嘴塞回到他嘴里。这时他闭上眼睛,变得很安静,很享受地喝了起来。他紧紧抓着她的手指,变得很忠诚,仿佛是一种答谢。

她再一次拯救了他。

当奶瓶空了的时候,他已经因为费力喝奶而变得昏昏欲睡、迷迷糊糊,以至于都没有注意到,她小心翼翼地把奶嘴从他嘴里拿了出来,重新塞进了她的乳头。

于是他再一次吮吸了起来,不过这一回的方式完全不同,是一种懒洋洋、很享受的样子,柔软的小嘴轻轻地动着。有时候吸着吸着就睡着了。

她就这样怀抱着他，久久地坐在那里，沉浸在安静和愉悦之中。这应该没什么错吧？

\*

对于一个孩子来说，什么叫对，什么叫错？怎么做是对的？夫人给她的那些书好像什么都知道，其实并不是这样。正确的事情会很轻易地迷失在这栋大房子里，迷失在脏衣服和床单被罩里，迷失在所有她必须完成的工作之中。

夫人每天早上坐出租车离开，剩下安娜在家，怀里抱着婴儿，还有大量的家务活要做。她每天晚上临睡前读那两本书。可是书里讲的"正确的做法"听起来太简单了，而所有有关婴儿的事情看起来又是那么重要，嗯，都是必不可少的。她应该多多地唱歌给他听、去室外呼吸新鲜空气、给他按摩、用油给他洗澡，尤其要在祷告时为他祈祷——她已经很久没时间去做祷告了。

孩子的一切都很重要，她在脑袋里列出了越来越长的单子，好让自己不要忘了或是遗漏什么事情。不过乳房是她能够迅速投入救急的最佳方式，否则根本来不及。这个男孩同时有那么多事情要做，她也一样。正是靠这种方式——用所有的呵护、爱、关心和欲望——他才慢慢成为她的孩子更多于夫人的孩子。

但负罪感却一直存在。这样做是对是错？她从他母亲那里夺走了他吗？夫人雇用她来当育儿员和保姆，而不是当奶妈。她没有奶。不过她的乳房倒似乎让他很是受用。他一边吮吸一边睡着，一边吮吸一边冲她微笑，一边吮吸一边又安静又健康又开心。总是很开心。

这样做错了吗？

他的妈妈在上班，她就喜欢上班，事实上有很多富人家的孩子都有奶妈。错在哪里？男孩整晚都睡得很好，夫人能享受她的整觉、她的工作，享受这运行良好的一切。她表扬了安娜。当年她那几个大孩子都不像马特奥这样睡得如此安静，大家都无法安稳、愉快地睡觉。

安娜也很享受，享受这个男孩，享受表扬，并且第一次享受自己。她似乎很适合自己的角色，她和她的身体就是这个男孩的一切。

她是他的一切，她享受这种感觉——也许只有这一点错了。抑或错误是保密本身？错在她秘密地做了这件事？

## 安娜

13:00

卢拉在讲述儿童之家发生的事情时经常会哭，不过也时有笑声，悲伤的背后总是会留下笑声。她又哭又笑，讲着那些生病的、健康的、年轻的、年迈的、单身的、已婚的女人的故事，讲着那些孩子、孩子、孩子——所有经过儿童之家那扇蓝色大门的孩子。

安娜贪婪地听着这些故事，她想知道更多故事，想知道所有一切。卢拉总是能讲出更多内容。通过这些故事，安娜开始用另一种方式来看这座城市，看到城市里的人和正在进行的生活，看到她没有参与并且所知甚少但是却一直在那儿、在这栋吞噬了她所有时间的房子外面的生活。

卢拉讲述着那些故事，让安娜忘记了自己是谁，让她变成了儿童之家的一分子，变成了他们中的一员，看见了即将生产的那个年轻的单身妈妈，看见了即将见到自己新父母的那个孩子的不安，用手搂住了躲藏在产科病房里躲避父亲、亲戚、耻辱或是贫穷、饥饿、污垢和垃圾的那个十几岁的女孩。

卢拉在那里讲着，无论那些故事多么悲伤，最后总是会有笑声。安娜问她怎么笑得出来，她简洁地说，儿童之家在做一项很好的工作。

"孩子们通过我们得到了更好的生活。无论他们接下去会怎么发展,他们的生活都变得更好了。尤其是对于那些将要去到新的人家,而不必去见自己亲戚的孩子们来说。"

而这一点是安娜不理解的。

如果没有父母,有亲戚应该是最理想的吧?

然而卢拉却不同意这一点。

"唉,那你是高估了那些亲戚。很多被送去阿姨、表兄表姐、伯伯叔叔、外婆或是其他亲戚家里的孩子,若干年后都带着奇怪的乌青或是营养不良的症状跑了回来。交给陌生人会好一些,那些人除了想当父母以外别无他求。看起来,他们做好了一切准备。他们接纳残疾孩子,接纳那些挨饿的、伤痕累累的、不幸的小孩。"

卢拉耸了耸肩,说老板经常说,当一个孩子被人收养走了,这天晚上她就能回家睡个安稳觉。那个孩子会过得很好,不管怎么说这是最好的结果。

安娜仍然想表示反对。凡事应该不会这么简单吧?在那些收养了孩子的父母中,一定也存在着蠢货吧?也存在着并不情愿但终究无法留住自己孩子的穷困妈妈,应该有很多关于疾病、死亡和苦难的故事,尤其是造成家庭分裂的意外和不幸。

可是卢拉仍坚定地持着自己的观点,她说:"贫穷、蠢笨、糟糕的规划,也是不称职的父母。"

她说得那么肯定,而安娜并不习惯跟人辩论,所以当卢拉的语气听起来如此坚定的时候,她都有点害怕了。随着时间的推移,安娜听到的故事越多,她就越发陷入那些遗弃与收养的故事里不能自拔。

最后她知道了那扇蓝色大门里面发生的几乎所有故事，甚至包括日常工作的全部内容。那间大厨房用来给不同年龄的孩子做一日四餐，那些宿舍有时候可以容纳多达八十个孩子；一间煮米糊的厨房用来消毒，里面堆满了婴儿用的奶瓶；一位女厨师给办公室的十二位女上以及她们的日常访客做饭；另一位厨师为其余的工作人员和志愿者们做饭。

此外还有一间洗衣房和一个托儿所，每天，贫穷的单身妈妈们可以在上班前把孩子留在那里，然后在儿童之家六点关门前把孩子接走。老师、心理学家、心理咨询师、社工、医生和律师源源不断涌来，帮忙照料孩子、维持托儿所的整体运转。他们拿着比正常要少的补助，或是压根儿不拿钱。所有这一切都要安排好，孩子要生下来，运转要得以维持，房子要有人打扫、保持干净，大家要有好的心情。

每一天都是如此。

卢拉又笑了起来。

对于安娜来说，她的笑声有一种解放的意味。尽管现在她早就不让马特奥吮吸乳房了，但一部分罪恶感仍然还在。有时候他看她的方式让她觉得，他仍然在保守着他们之间的秘密。他要么是知道这件事必须保密，要么就是在自己无意识的情况下因为这个秘密而背负了压力——这也许是最糟的。安娜不希望这样。

不过跟卢拉在一起，空气中的危险成分就消失了。跟马路对面每天在上演的事情比起来，一个柔软的乳房是不可能引起什么痛苦的。

安娜吸了一口气，舒展了一下身体。卢拉把手放在她的腰上。

"很好安娜,你学会了,你的身材现在很挺拔。"

*

马特奥长大了,不再是新生儿了,正如所有的孩子跟母亲那样,安娜跟他太亲密了,以至于她都没有注意到他是怎么长大的。她只是一直忙着陪伴在他的旁边。

在夫人晚上回家抱起他亲他的脸蛋之前,他是安娜的孩子。之后他就成了另外一个孩子,被别人亲。当姐姐们跟他玩的时候,他又变成了另一个孩子。早晨极个别的情况,他爸爸会尝试着喂他吃婴儿米糊,这时候也是一样,他变得更加陌生,安娜都认不出他了。他就像一条鱼一样坐在儿童椅上,张开嘴巴,目光空洞地吞咽着食物。

早晨,安娜仍然会经常抱着马特奥站在厨房的窗边,跟窗外的父母亲和姐姐们挥手告别,看他们一个接一个离开家。离开这栋房子,离开他们的生活,走进这座城市。

然后他们转过身去,互相拥抱,面对彼此。安娜在马特奥耳边小声说他们有什么事要做,而当他躺在她胸口的时候,她总是大声地给他读夫人的购物清单。

他看着她,她低下头,在胸口与他目光相会,以前从没有人用这种方式看着她过。有时他会松开奶头,因为她说的什么话而笑起来,他的嘴唇因为吮吸而又红又肿,就像她的奶头一样——它们已经从他出生时又嫩又粉的小按钮,变成了晕开的、棕红色的、柔软的像覆盆子一般的奶头。一开始他还很难吃到它们,而现在,只要她一撩起胸罩,它们就立刻自己跳了出来。他一看到它们,就立刻张开嘴巴含住它们。她的身体第一次有了工作之外的意义。

等他一岁的时候，我就不这么做了，她想。一岁似乎是一个合理的界限。一周岁。假如他是她自己的孩子，那么一周岁刚刚好；而现在他不是她的孩子，也同样刚刚好。他们必须在他记得起他们之间发生的事情之前、在这种危险出现之前、在他会说话之前，结束这件事。

安娜不知道一个孩子会从什么时候开始有记忆。她自己那灰色的、沉没的童年世界不是一个好的例子，那些书本也没有给出好的回答。相反，它们暗示记忆存储在人们内心世界的某一个地方，永远存在于那里。

当她读到这话时，她希望封装在他记忆里的是存在于他们这个秘密中的幸福感，而不是那种偷偷摸摸保守秘密的灰暗感。

可是要想结束这件事却很难。比她能想的要难。当马特奥庆祝他的第一个生日时，他开始了一个新的习惯：把手伸进她围裙里抚摸她的衬衫，来表明他想要什么。这个手势很有诱惑力，她无法拒绝他。目前他还完全不会说话。在他还不会使用语言的时候，应该记不住什么事情吧？

他的小手在围裙下小心翼翼地抚摸着。安娜想要讨好他，想要继续成为他最想要的人。一个月或者两个月应该不会造成什么区别吧？

然后她就会结束。

于是当他们单独待在房子里的时候，她再一次解开衬衫，他张开嘴，吮吸着，沉静下来。她微笑着，抚摸他的头发，可是思绪却越来越频繁地陷入罪责的灌木丛中，无法解脱。

*

这一年当这家人确定要去海边过圣诞节的时候,她认为机会来了。马特奥十八个月了,但他们仍然没有结束。安娜做过尝试,但是没有乳房他根本不愿意睡午觉;如果不能让他做他想做的事,每晚的入睡仪式就会变得没完没了。之前是她邀请他吮吸乳头,到现在变成他是那个向她提出要求的人了。

安娜的罪恶感越来越沉重,她害怕事情会败露——她坐在一扇关闭的门背后,这扇门随时都有可能被人撞开。她向上帝祈祷,再给她一点时间,请他宽恕她。

> 亲爱的上帝,请倾听我的祈祷。请帮助我们从这个秘密中解脱出来,请您宽恕我,我沾沾自喜了,请您宽恕。

可是这番祷告没能让她平静下来。她所祈祷的内容,似乎跟她这辈子祈祷过的所有内容都不同。她第一次在没有停止错误行为、没有感到后悔的情况下请求宽恕。最糟糕的恐怕正是这一点——她没有后悔。这个男孩很安静、很开心,他很健康地长大。她承担了他母亲的角色,像一个母亲那样。有什么错吗?她仍然不确定这个问题的答案。

安娜预计圣诞节期间奶自然就会断了。她很期待两个星期的假期,她要粉刷自己的房间,要去教堂做祷告,每天都要去,去忏悔,去为那男孩、为她自己祷告。

可是马特奥却发烧咳嗽了。夫人害怕炎热的气候和晚上从海洋上灌进房间的热带空气会让他变得更糟,因此决定，圣诞节期间安娜将住在他们家里照顾马特奥，而他们其他人则出去玩。整整两周，他们俩将单独待在一起。

*

这一回安娜没有打算表示反对。她要忍受住马特奥的不满，当这家人回来的时候，所有一切都将结束。也许上帝只是用这种方式——通过这种测试——来宽恕她。

第一天她就在他该睡午觉的时候把他带出了门。她没有像平常那样，而是试着用不同的方式来做所有事情。他们坐公共汽车进了城，去了一家玩具商店，然后去公园，吃香蕉，看在那里做游戏的孩子，看松鼠们跳到树上。

回家的汽车上，安娜抱着男孩，好让他看车窗外的汽车。当他们回到家的时候，他已经很累了，连吃安娜做的饭的力气都没有了。

他的小手在围裙下不停地抚摸着她。整顿饭他都吃得很烦躁，用不同的方式抚摸着她。最后他实在太累太难受了，然后就睡着了，而手还放在她的衬衣里面。

她心想，这终究是一种好的开始。他们在没有用乳房的情况下度过了第一天。第二天会更好。

然而并没有这样。一周过去了，马特奥仍然很生气、很愤怒，因为他的愿望得不到满足。他至少要把手放进她的衬衫里面，捏着她的乳房才能睡着。他越是愤怒，就捏得越重。有时她会疼得喊出来，这时他会害怕，哭得更厉害了。

当他终于睡着了，也睡得很不安稳，甚至在睡梦中都显得很不满足。安娜躺在他房间的一张床垫上,跟他一样难以入眠。她不习惯晚上睡在这栋大房子里,她想回自己的家。面对这个小男孩的狂躁和失望,也让她——这个一直拥有他的爱的人——感到不习惯,令她伤心甚至是害怕。她向上帝祈祷,希望他记忆中的她不是这些内容,不是争吵和尖叫,而是他们之间曾经有过的所有美好的事情。

她并不关心圣诞节和祷告。马特奥对圣诞礼物还一无所知,而她先前所计划的一切——带他去耶稣诞生画前点蜡烛、去参观大教堂的墓地——都在两人的斗争过程中流产了。

第十天的时候,她在晾衣服,马特奥像平常一样坐在她身旁,坐在洗衣篮里。他在洗衣篮里依然待得很舒服,尽管现在他已经会走路了。他们最喜欢玩的游戏之一就是他坐在篮子里,像一位严肃的司令官,指着或是喊出他想要的东西,而她则跟他开玩笑,有时候给他,但更多时候不给他。她给他的东西越是奇怪,他就笑得越厉害。

这天她正在挂一条床单,他抓住了床单的一角,拽得晾衣绳摇晃了起来。以前他从来没有让衣服摇晃过,可这一回她得时不时冲他喊,让他停下来,否则晾衣绳就要断了。这时他既开心又惊恐地尖叫了起来。他不习惯她提高嗓门。

现在他在很用力地拉着床单。

衣物摇晃了起来。阳光打在他脸上,她看见他没有在看衣物,而是直直地看着她——他用尽全力地拉着。她大喊这下够了,可他还是在拉,她喊得更大声了,可他还是在拉。

这时挂在墙上的晾衣绳断了,所有的湿衣服和床单全都掉到了泥泞的地面上。墙上原来钉着钩子的地方，现在是一个难看的洞。

有那么一瞬间，他俩都安静了。

然后马特奥狂笑了起来。

这笑声唤起了她心里某种无名的愤怒。这愤怒在她心里聚集、燃烧、涌动，喷薄而出的是想打人的冲动，想要直接去打他那张傻笑的脸，让他别笑了。

她让那些衣物留在肮脏的地上，抱起他进了房间。她没有打他，他却在打她。他重重地捶打着她的脸和胸，他不再笑了，而是像一个野蛮人一样在那里尖叫。

安娜和他一起在一张扶手椅上坐下来，试图抓住他的手，同时说着"嘘"，小声哼着歌，反复叫他的名字。扶手椅在他们身下发出嘎吱嘎吱的声响。安娜的嘴唇被他的拳头打破了，血流出来的时候，他叫得更响了。

但是安娜没有放开他。

她吮吸着嘴唇，抓着他的手，尽管他仍在捶打。她抓着他的手，直到他没了力气，垂下胳膊。这时她仍然继续抓着他，不让他再次把手伸进她的围裙里。

他跟她做着抗争，她也跟他、跟自己做着抗争。他们俩都绝望地哭了起来。

最后他睡着了。

安娜浑身都被汗水湿透了，嘴唇流着血。男孩的手腕上出现了蓝色的乌青。

这天夜里，她难以入睡，只能躺在那里，听他的呼吸声。她的嘴唇一跳一跳地疼。有好几次，她爬起来去看他的手腕。

她该怎么跟夫人说呢？马特奥会怎么说？也许他只会说安娜是笨蛋，其他的话他还不会表达。可是她知道什么呢？对于他跟他妈妈之间的联系，她究竟知道什么？也许他们的关系比她所知道的要深，也许一位母亲对自己孩子的了解永远要比其他人所理解的更多？

黑夜就像一具棺材。空气让人窒息，悔意爬上了安娜的心头。"亲爱的上帝，请宽恕我，请宽恕我。"她在那里念叨，可是祷告却无济于事。罪责属于她，灰暗一次又一次地吞噬了她。

她脑海里浮现着一幅幅场景和画面：已经发生过的、是怎么发生的、她做了什么、她没做什么。安娜试图让它们停下来，她不想看见它们，只想让自己麻木，只想得到内心的安宁。可是她做不到。

她看见经过一天漫长的工作后，夫人回来了；看见她从门厅径直上楼去了卧室，没有进餐厅来抱马特奥。他一直在听门的动静，在听他母亲的声音，她在喊"晚安"，但是他却没有露出任何迹象表明他很高兴，或是很期待想要跟她打招呼。

这时安娜经常会冲着他笑，微笑着用口型默默地说他母亲回家了。现在他稍大一点了，经常会反复地喊"妈咪"，并朝门口指去。不过这多半是因为她，因为安娜刚刚说了这两个字，并且朝门口指了指。

此刻，在这个可怕的夜里，她想按照自己的意愿，自己重复一遍所做过的一切。

她当然愿意成为他口中那个令人垂涎的最早学会的单词，但因为这是她任务的一部分，她要指着夫人喊"妈咪"，他要指着正确的方向，并且需要由她来教会他正确的叫法，所以她这么做了。

这正如她所愿。

安娜从床垫上站起来，再次去看马特奥。他的脸缓缓地平复了，随着时间过去，看起来平和了一些。她又想起了克里斯蒂娜，想起了克里斯蒂娜熟睡的脸。克里斯蒂娜总是宿舍所有人里面最先睡着的。她对那个穿大衣的妈妈的想念究竟是什么样子的？她俩一年才有一个下午的见面时间——有这样一个你只了解这么多的妈妈是一种什么感觉？充当一个你只了解这么多的孩子的妈妈又是一种什么感觉？

她没法再继续躺在那里了。

安娜走进了这栋黑黢黢的空房子。楼梯在她脚下嘎吱嘎吱作响。她没法将自己跟克里斯蒂娜、跟马特奥、跟世界上的任何一个妈妈做比较。她不知道他们中任何一个人的感受——她自己从未有过对母亲的想象。

她拥有的是一张纸条，三行字，里面包含着一句祷告、一个名字和一句不要去找的指令。

再没有更多的了。

月光透过窗户照了进来，长长的影子落在地板上。她坐到之前她跟马特奥互搏的那张扶手椅上。她的嘴唇很嫩，他的手也是。

她对母亲一无所知，对家也一无所知。孤儿院长大的人是无家可归的，无论是孩子还是成人。儿时她不知道一家人吃饭是什么样子的，不知道还有独立的卧室、带沙发和电视机的客厅这些东西的存在，不知道家庭聚会、生日会或是其他节日是怎么搞的。所有这一切是她当了保姆之后才出现的。

月亮钻进了云里,房子里变得暗了一些。裂开的嘴唇让她感到刺痛,舌头总是想去舔那肿起来的地方。她该怎么解释男孩的乌青?再过五天这家人就要度假回来了,五天后马特奥将表现出怎样的绝望?她对他做了什么?再过几小时等他醒来的时候,他会有多生气?

安娜来到窗边,看外面灰暗的街道。当孩子想做的事情跟自己的想法完全不同时,一个母亲该怎么做?一位母亲该如何忍受得了孩子不再想要她了?

## 波哥大

2014 年

我们在家具店跟外婆分手、在汽车站跟马格达分手两天后,亚当和我也在机场分了手。亚当要去海边跳萨尔萨舞,用他的奖学金学西班牙语。我要回斯德哥尔摩。

亚当接受完安检,朝自己的登机口走去。我站在了原地。我的飞机比他的要晚几个小时。

一周前当我们来到这里的时候,他有这么大吗?我看着他的脊背,看着他拎箱子的手,还有他跟我拥抱、跟我说再见的方式。

他消失在了安检区后面。

要说看自己的孩子长大是一件多么触目惊心的事,有点老生常谈。不过我还是要这么说。或者更确切地说,我还是要这么写。我还要写另外一件老生常谈的事——这趟旅行是成功的,我没有让自己总是在那里哭。

在机场看着他消失,我终于哭了出来。所有的成熟、所有勇敢的母爱、所有的隐忍适度、所有的彬彬有礼,全都破碎了。

我无法忍受时间的流逝。

*

不久，我也过了安检，带着泪痕，很虚弱，不过走出了波哥大，进入了国际区。我又要回欧洲了，回家。

我要在埃尔多拉多国际机场新建的候机厅里等很久，我已经认不出这里了。之前我每次从这里回去时都充满了兴奋和胜利的感觉，是那种完成了一项伟业、把一家人营救回家的感觉。

这一次却不是这样。

我一个人在候机厅巨大的大理石地板上来来回回地踱步，透过新建的玻璃幕墙往外看。外面是这座城市的剪影，带着群山，仿佛在一口平底锅上，剪出了一条充满希望的蓝灰色纸带。

我看着傍晚那黄灰色的天空缓缓地代替了蓝色的天空，看着云就像柔软的棉花一般飘在山峰周围，看着那些飞机起起落落。

离出发时间越近，登机口聚集的欧洲人就越多。不久法国航空公司将把我们打包运送到地球的另一端去。在经过了海关和安检的这块区域，没有什么离别或相会。在这里所有人都是被包装好的，要去往某个地方——外出或是回家。

我置身在一堆法语、英语和德语单词中。到现在还没有听到瑞典语。很快这个出发大厅就会变得像机舱一样，它的玻璃幕墙就像一条闪闪发亮的栈桥，通往那些群山。

没有孩子在我身边，我感到失去了重心。让我飞往任何地方都行。

*

五岁时一个温暖的夏日,我被遗忘在了我们的沙滩上。我走得比大家快,来到停车场下面的沙丘旁,我蹲下来等其他人。我用一根树枝在沙子上画画。我写自己的名字,然后擦掉,再写一遍,再擦掉。我完全沉浸在了字母出现和消失的过程中。当我抬起头的时候,沙滩上没有人了,刚才还停着汽车的地方,现在也是空荡荡的。无论我转向哪个方向,都发现只有我一个人在那里。

太阳落下了地平线,大海闪着粼粼的波光,一切都很友好、很熟悉。除了只有我一个人这一点。

寂静和空荡荡的沙滩引起了我的恐惧。我眼前浮现出家的样子。我看到此刻他们正从车上下来,绕过车子,把泳衣挂了起来,倒着野餐篮里的沙子。一切都跟往常一模一样。

然而我不在那里。

我看见妈妈把她的围裙系到肚子上开始摆弄晚餐的饭菜,我听到她在喊某人把盘子端到院子里的桌子上,好像是我在那里,然而我却不在那里。我跟他们分开了,我在他们之外,我不知道我该如何回去,不知道该怎样进入他们之中。

我一个人站在沙滩上,感到一阵无边无际的孤独涌上心头。

不久,一个骑自行车的男人救了我。我哭着,他把我抱起来,放到自行车后架上,让我坐在一块湿毛巾上,这样屁股不会感到太硬。我们骑车去他家打电话。我得到了一杯果汁。他问我叫什么名字、住在哪里。我当然知道自己的名字,知道斯德哥尔摩的地址,但我不知道乡下这里的地址。

发现自己不知道自己住的地方叫什么名字,这加剧了我的孤独和恐惧感。我眼前再次浮现出我那个熟悉的家——可我不在那里,我没法回去。我再也找不回那里了。

不过那个男人给话务局打了电话,很快爸爸就开着车赶到了,他和那个男人笑着说,他们其实是一起回家的,以为我跟他们在一起,直到电话铃响起,才发现我不见了。

爸爸跟他握手,说着感谢。

回家路上,我第一次被允许坐在沃尔沃汽车的前排座上。透过前风挡车窗,我看见那些熟悉的弯道在眼前铺展,当我坐在车里的时候,我知道每一个颠簸与分叉,知道沟渠边的几乎每一朵花。然而刚才我却完全无法在眼前调出回家的路的画面。

当我们下车回到家的时候,一切都是那样熟悉,但却仿佛隔着一道薄薄的玻璃墙。妈妈穿着围裙走出来,她当然拥抱了我。院子里餐桌已经铺好,饭菜飘香,一切看起来都是应有的样子,可是我却并不真正在那里,我再也不是完完全全地属于这个家了。

\*

终于,飞往巴黎的飞机开始登机了。这时,透过候机厅的玻璃已经看不见群山了。灰暗已经降临,我站起身,走向了登机口。

## 安 娜

13:10

安娜在洗衣房的窗户前打开熨衣板,把装着湿衬衫的篮子拖过去,这些衬衫要熨好挂到衣架上。

她看了看表,一点十分。今天没有人来吗?她又往马路对面看去,不想错过那些来领养孩子的夫妻。她想看看男人是不是搀着女人的胳膊;女人穿的是连衣裙还是裤子,有没有戴太阳眼镜、拿着手包;他们是带着婴儿篮,还是仅仅带了一块叠好的柔软的毯子;他们有没有带一个洋娃娃或一只毛绒小熊,或者是一辆玩具汽车。

通过这一切,她可以猜测他们要带走的是一个婴儿还是一个稍大点的孩子,是一个直接需要抱着玩具的孩子,还是一个可以裹在毯子里抱走的婴儿。

她想看看那些即将成为父母的人的衣服和鞋子,想看他们的肤色和头发颜色。她猜测他们是从哪个国家、哪个城市来的,多大岁数,还有他们的过去、职业、受过的教育。她想象他们将会得到什么样的生活。

她想知道那个孩子。

他/她长得什么样,会在哪里长大?他/她会不会总是用目光在街上搜寻,猜测是这个人还是那个人曾经遗弃了他／她？还是会仅仅自然而然地爱上取代了那个女人的新父母？

同样百爪挠心的问题是有关那些即将领养孩子的父母的。他们会不会想知道同样的事情，在这个孩子的脸上、在他／她的表情、声音、手势和情绪背后，藏着的人是谁？

他们会像对待自己孩子那样去爱别人的孩子吗？

会的会的会的，他们会的，安娜想，我知道他们会的！

只要他们可以，只要孩子可以，只要整个世界不再为母亲、孩子和爱设定规则就可以。

"你是不是不该哭着找保姆？"

安娜听到马特奥那愚蠢的老师在说话。安娜气得涨红了脸，她不想去想她和她那双有力的手。最好不要再见到她。她不想每天早晨把哭哭啼啼的马特奥交给她照看。

安娜还没有看到有出租车来，她的期待唤起了台阶上那包绿毯子的画面。几句友好的话、一顿饭、几个比索，能否改变那个冰冷夜晚的一些东西？那条毯子能温暖得了她们两个人吗？

儿童之家那扇蓝色的门关着，她再一次成了一个孤儿，脑袋里满是关于她那消失了的妈妈的疑问和画面——每个星期三都是这样。可随后，当那些夫妇走下出租车，整理他们的衣服、包和玩具，去按响那扇蓝色大门旁的门铃时，她转换了角色。

她自己站到了那里，变身为即将成为母亲的那个人。

她该想些什么呢？

当她站在那里按门铃的时候，时间应该是静止的。双腿将不听使唤。她就要迈出步子、跨过门槛，走向一个即将永远属于她的孩子——她认为她会爱他/她，绝不会后悔或是否认——一个她一无所知的孩子。

安娜又看了看表，在那些湿衣服里挑挑拣拣。这会儿熨斗已经热了，她从衣服堆里找出马特奥那件漂亮的衬衫，从这件开始熨了起来。就连他的小衣服都让她那么喜爱。

*

他们打完架后的第二天，安娜在楼下的扶手椅上醒了过来。房子里很亮，已经过八点了。心脏跳得飞快。发生了什么？他不会死了吧？

她赶紧冲上楼，他还在那里睡着。在他醒来伸手扑向她之前，安娜做好了早餐，摆好了托盘，并且找出了一本故事书。

此后的整整一天，他俩彼此都有点陌生。都很小心翼翼，很有礼貌，很认真地讨好对方。他甚至会在微笑之前努力地挤出笑容。他还问她要尿盆！平常他可只愿意尿在尿布上的。

不过这只是这一天的情况。

第二天他又变成了平常的样子——很开心，而且很调皮——不过他再也不去安娜的衬衫里摸索了。

一家人回来的时候，他手腕上的乌青已经几乎全都褪掉了，安娜的嘴唇上只剩下一条小小的裂缝。没有什么能证明他们之间曾经发生的那场争斗，没有人会想到发生过什么事。

\*

安娜把熨过的儿童衬衫挂到洗衣房的绳子上,在开始挂下一件之前,她去了厨房,取了一块早餐剩下的面包和一块前一天晚饭剩下的肉。面包是用真正的黄油烤的,肉很嫩很美味。她一边吃,一边再一次往马路对面看去。

时间是一点二十分。

她已经因为紧张而感到有点累了。

\*

通常按门铃的是男人,门开了以后首先伸出手去打招呼的是女人。

安娜在熨衣板后面的这个位置可以看到一切,不仅能看到夫妇们进去时的样子,也能看到他们从里面出来时的变化——看起来是高兴还是坚决,有没有互相拍照,或者有没有请工作人员给他们拍照。

她读着他们的姿态、表情、眼神,以及他们坐进汽车之前,转过头去冲工作人员的最后一瞥。

这最后的目光尤其让她感到有意思。

这目光仿佛里面的百叶窗背后站着什么人在看着他们,在监控着所有的一切都做对了,监控他们是正确的爸爸和妈妈,监控他们是不是已经上任了,他们做的是不是足够好。

这是一场在她面前上演的剧目,一场激烈的戏剧。阳光照耀的舞台上那被压缩的命运,如一道闪电打向她面前的玻璃窗。

闪电飞快地穿透了她,这一切从来没有在她身上发生过,以后也不会在她身上发生。她同时身处门的两端——既是那个没有父母的孩子,又是那个期待已久的妈妈。

*

仍然没有见到任何人,马路上很安静。这项活动在另外什么地方进行着。在一个小孩身上进行——在那扇门里,此刻大家已将他/她准备好,他/她穿上了干净的衣服,如果他/她已经大到足以能听懂了的话,会受到最后的告诫,要好好表现,要文静一点。

这项活动也在一对夫妇身上进行——他们正在这座城市某处的一家旅馆里最后摆弄着他们的服装。他们等了很多年,已经放弃了看到自己孩子出生的希望,他们设想了所有关于血缘、相似度以及家庭背景的愿望,剥去了所有其他的期待,只剩下这个:让他们照顾一个孩子——随便什么孩子都行——跟这个孩子像一家人那样生活。

那是一对已经在旅馆房间的浴室里冲了澡、刮了胡子、喷了香水的夫妇,他们在自己的行李箱里寻找着为这一天而专门选好的衣服。此刻他们已经穿戴就绪要出发了,在检查着要带去给儿童之家的小礼物。这些小礼物是一种正式的感谢,以感谢某种无法感谢的事情。

他们也许在看着房间里的那张加床,那张前一夜没有被睡过的床。一张在他们的脑袋里已经铺好了很多年的床。他们也许往床上放了一只毛绒小熊或是一条柔软的毯子,主要是为他们自己,为了欢迎那个即将到来的人,那个他们还不认识的人,那个一转眼就将成为他们自己孩子的人。

此刻这对夫妇也许正最后一次——也可能是第一

次——彼此看着对方。再过一会儿,他们就将不再是对方眼中曾经的那个身份了。再过一会儿,他们在彼此的眼中也将成为一位母亲和一位父亲。

这会儿出租车肯定来了。
安娜拔掉了电熨斗的插头。

## 波哥大—斯德哥尔摩

2014 年

我旅行所用的护照上写着我的出生地是安斯基德,但我是 1960 年 7 月在瓦尔贝里出生的,在预产期当天。这年夏天我父母在海边租了一栋小屋。爸爸是医生,在医院当暑期临时代班医师,那天他在值班。

半夜里,异常恶劣天气袭来。一直害怕打雷的妈妈坐在台阶上,以便能在需要的时候迅速叫醒我的哥哥姐姐。打雷打得最厉害的时候,她感觉那个孩子在肚子里翻滚,过了一会儿,阵痛就开始了。于是女房东给爸爸打了电话。他开车离开医院接上妈妈,然后又开回了那家我出生的医院。

分娩的过程很快,没有做常规的清洗和灌肠,就在一间普通的诊室里进行。我脐带绕颈好几周,不过在一番明智的措施之后,我就"开动"了。脐带的并发症一直被归咎于打雷天,以及妈妈太害怕我在肚子里翻腾的缘故。

这个故事有很多不清楚的地方。我怎么会在妈妈的肚子里"翻滚"?一个在预产期那天出生的足月孩子应该已经在她的骨盆里固定了。分娩怎么可能发生在半夜,而与此同时他们又经常说我——跟我的哥哥姐姐一样——是出生在正午时分的？

我的出生证明也是一个不清楚的问题。我是在爸爸去世后找到它的。那上面写着一个女孩于1960年7月16日出生，但是其他所有栏目都空着。右上角写着医院的名字和地址，但是这份证明没有人签字，也没有盖章。

倒不是说我在怀疑有什么地方错了，更确切地说是相反。因为没有什么好怀疑的，所以没有人会对手续较真。也许这份出生证明被转到了我父亲手里，也许他马虎了，因为这只是他自己孩子的证明，而当时一切都明摆着的。

这样的结果是，我无法确切地知道我出生时多重、是几点钟出生的这些信息，如果现在我想知道的话。我妈妈关于我出生时间的信息，似乎也是诸如打雷天对分娩有影响、我父亲可能马虎了这些，一样的熟悉而不精确。

关于我的出生地信息，我也并不怎么怀疑它的错误。我知道出生证明会写上父母人口登记地的信息——爸爸和妈妈当时住在安斯基德。不管怎么说，在我的出生证明这件事，发生在一个严密的行政事务管理体制制度具有良好的声誉的国家里，还是让人感觉有点不可思议。

类似的意想不到的官僚迷雾有一次也出现在我给孩子们办理护照过程中。那是在斯德哥尔摩警察局的护照办理处。那时他们还小，我们在挤满了人的等候大厅里等了很久才轮到我们。因为要签发三本护照，程序上要花很多时间，临近结尾的时候孩子们失去了耐心。我以为这烦琐的手续已经快办完了，我和孩子们急切的举动让窗口里面的那位女士感到了压力，她问我是不是真的想要在护照上把孩子们的出生地写成波哥大。

我紧挨着窗口，没明白她是什么意思。我们应该不可以在事后更改出生地吧？我脑袋里生出了我自己出生地的悬念。不过根本的区别在于，我们的孩子出生在另一个国家，他们出生时我丈夫和我根本就没有在场。

无论如何，我们总不能抹去这整件事情，抹去他们的整个来历吧？

可能是我犹豫得久了一点，办护照的警官自己补充道："嗯，我是说，你们是不是想把他们的出生地写成你们的人口登记地？"

我至今都不知道，假如当时我点头同意的话，她打算怎么做。她会直接把他们的历史改写成那样吗？

当时我没有特别上心地去弄清楚她的权限，我也无法想清楚这样的更改会造成什么后果。联想到我们办理领养手续时每一个环节所需的那些过分的文件、印章、调查、证明，她这个轻描淡写的问题显得太不可思议了。

因此我一脸茫然地站在那里，没有回答。她又把问题重复了一遍。孩子们在我腿边跑来跑去，我脑袋里晕乎乎的，说不，他们就是在波哥大出生的。

\*

孩提时代，我把世界想象得很大、很诱人。我是在"环球旅行家""大洲""东方"这样的语境中长大的。这些词汇似乎散发着机会、扩张和未来的光芒。

"东方"这个词也许是最光芒四射的。我的堂哥堂姐有一位土耳其父亲，也就是我的叔叔。他们家的人吃黑橄榄，用小玻璃杯喝浓茶。跟我们自己家和朋友们家里比起来，他们家有着不一样的家具和另外一种气氛。

他们家里所有这些不一样的地方——如果我能够学会的话——那就是"东方"。我自豪于我家里有这些东西,自豪于我的棕色眼睛和深色头发跟我的堂哥堂姐很像,甚至比跟我那浅色头发的哥哥姐姐还要像。

*

在波哥大,亚当被放到了我的臂弯里。就在这个时候,"激光人"①在斯德哥尔摩开枪杀死了他的第一位受害人。一个多月后,当我们降落在斯德哥尔摩阿兰达机场时,已经有好几个深色头发的男人被枪杀了。凶手没有被抓到。

在接下来那个缓缓绽放的春天里,抓捕行动一直在进行,我们发现北哈马比港旁的那栋老旧的"冰楼"②——就在我家附近——已经变成了光头党人的地盘。春夜里,我们不仅能听到索菲亚教堂的钟声,还能听到光头党人的叫喊:打倒黑鬼,让瑞典保持瑞典的纯粹性。我们地窖的门上也被一遍又一遍地喷上了同样的标语。

但我并没有害怕。

我完全不认为这种奇怪的攻击思想有朝一日会重新在欧洲站稳脚跟。我不认为我的孩子会因为他们有着深色头发而感到害怕。

不,我不害怕。我怎么会害怕呢?我终于回到了瑞典,

---

① 激光人,真名叫皮特·芒斯(Peter Mangs),瑞典连环杀手,绰号"激光人"。
② 冰楼,瑞典基金会,主要开展针对青少年的活动。这里指的是该基金会的总部建筑。

我终于成了一名妈妈。每天早晨当我收拾好婴儿车要去我的家乡斯德哥尔摩城里的时候,一切都是那么光芒四射,美好的未来在向我招手。

## 安 娜

15:05

访客时间结束后,安娜走到厨房里,给浸泡着的豆子换水。几分钟后她脱下围裙,把它挂在洗涤剂上方的钩子上,然后取下挂在旁边的大衣,以及一个适合装水果和蔬菜的布袋。她要去接马特奥。

她走在一种特别的"事后"的气氛中,感觉自己好像哭过一样。她感到无力,仿佛内心被冲洗过一样,只想抬头看那些山,看那些洁白的云朵盘绕在波哥大上空。

这会儿城里很热。今天没有下雨。

\*

每周三跟马特奥去水果市场是一种宁静的娱乐。他们到得那么晚,商贩们已经停止了吆喝,不再大喊大叫去盖过别人的声音。那些老旧大厅漂亮屋顶下的懒洋洋的昏睡气氛甚至让这个活泼的男孩都受到了感染。幼儿园放学的时候他总是那么开心,可以跟着安娜走出那扇大门。

马特奥知道他们每周三要去市场,他知道将由他来选择,而他总是选择同样的东西——草莓。安娜假装不知道他一周又一周地做着相同的选择，而是每一次都同样庄重地问他是不是认真想好了，做出了决定。

其他所有的日子是由她在家乐福超市的特价商品里进行选择。买回家菠萝、木瓜、芒果、火龙果、西番莲、奎东茄和葡萄——那些最应季的水果。所以星期三买草莓很好。这家里没有人会抱怨太单调了，没有人知道这是马特奥的选择。安娜甚至不认为他们会想到草莓的出现有这样的规律。她和马特奥的生活，有好多他们不知道的事情。

每个星期三马特奥都会同样认真地来完成这个任务，他飞快地跑向同一个摊位。那里站着一个老年男子，他跟安娜一样，会让他像成人一样来玩这个游戏。首先他会伸出手向"多恩·马特奥"问好，然后非常绅士地向"妈妈"问好，然后问："您想要什么？"

马特奥用手指出他想要的那几盒草莓，交易完成后，马特奥跟这个男子互道再会，然后马特奥要拎这个袋子。但只拎一小会儿，就吃不消了，因为安娜说，他必须稳稳当当地拎着袋子，别把草莓都弄烂了。

走出市场前，他可以得到一个冰激凌或是一纸杯装的芒果汁。这是安娜唯一买给他的但是夫人不知道的东西。这笔开支非常小，小到可以不出现在记账本的栏目里。

但假如被问起为什么每个星期都会缺失一笔非常小的数额，她该怎么回答？

当然是说她给马特奥买了一个冰激凌。

除了生气以外，夫人应该也不能怎么样。这个男孩总得偶尔得到点好吃的吧。就算每天其实是"妈妈"去接送他，他也应该能得到一个冰激凌吧?

*

有时候会发生这样的情景:他们在回家路上——在午后城市的人流中——遇到某个人,他/她的目光挤进了安娜和马特奥中间,那是一种可以让安娜沉没的灰色世界活跃起来的目光。

但这时安娜会将那目光打倒,会直接对自己说,她所看见的人并不是她所以为看见的人,一切都是一直以来的样子,一切都是她已经知道的样子——是纸条上、病历簿上和影集里的那个样子。

安娜用这种方式让每一个类似可能的相会跟她擦身而过。她既不急着走上前去,也从不让别人停下来。

她不想。是的,她不想。像现在这样很好,她想。一切都只是微妙的变化,一个童年时代的变体,是很久以前那些日常事件在程度上的不同。

过去是什么样就让它是什么样吧。

她紧紧地牵着马特奥的手。

*

当晚饭的三道菜——汤、主菜和水果甜点——做好、上桌、吃完,并且马特奥终于睡着了之后,她到那只愚蠢又爱胡言乱语的鹦鹉所在的厨房去吃她的晚饭。然后就只剩洗碗和把床单轧平这两项活儿了。

然后就该回家了。

"喂。"伊斯卡里奥特喊道。安娜跟平常一样试着让它说点别的。"安娜，叫安娜。"她喊道。

可是鹦鹉仍然只是喊着"喂"。突然，她又来到了那里。来到了物业管理员房间外的凳子上，手里拿着那本厚重的影集。翻到了第5页，克里斯蒂娜那明亮的脸庞浮现在她的面前。她自己都不知道这是怎么回事。

现实中，克里斯蒂娜的身上并没有光，更确切地说有一个阴影。此刻安娜看见她独自坐在游戏室里，带着阴影和那只旧了的布猴子。随着空气的流进、流出、流进，她那半张着的嘴发出了一种羽毛般轻盈的声音。

她看见她在那里装那只黄色的塑料旅行包，然后将永远地离开。随后她看见她转过身来，接着继续走过钟楼，走出大门。旅行包映着那条深蓝色的裙子，头发在背后扎起了一条粗粗的辫子。

她独自一人走向公共汽车站。

克里斯蒂娜！

那是她记忆里的克里斯蒂娜吗？

安娜也是一个人走向公共汽车站的。那天下着雨，天气很冷，她最后一次离开了修道院。电锯的声音安静了下来。在钟楼与已经拆掉的茅房之间的院子里，那些刺槐树被锯成了一米长的一段一段。在树枝与潮湿的锯末间，有鸽子和小鸟在跳来跳去寻找它们的窝。

安娜没有回头。她闷头走向了公共汽车站，正如她有一次看见克里斯蒂娜离去时那样。

没有了克里斯蒂娜的第一个晚上，安娜进入梦乡，仿佛来到一片开阔的刮着风暴的海上。房间成了一片又大又深的海洋，那些梦变得飘飘荡荡，没有了习惯了的呼吸声，没有了隔壁床上被子下面那熟悉的形状。

没有了在柜子里盯着她看的那个洋娃娃。

然后她就习惯了。

那张空了的床被搬去了婴儿部的房间，将有一个新的孩子到来。有人在曾经放着洋娃娃的那个柜子上放了一个空的盒子。

她习惯了克里斯蒂娜的离去，但却无法习惯影集里她那一页的缺失。她知道那一页已经不在那里了——她亲眼见到克里斯蒂娜把它放进了那只黄色的旅行包——尽管如此，每次当她看见那一页真的不在了的时候，还是会有一股冰冷的海浪涌上她的心头。

字母 A 不再从克里斯蒂娜所在的第 5 页开始到她自己所在的第 16 页结束。一切都不再是它们应该有的样子。克里斯蒂娜不在了。

## 波哥大—斯德哥尔摩

2014 年

如果对比我的出生文件和我孩子们的出生文件，会发现它们跟普通的家庭故事有着几乎相同类型的不确定因素。区别是，孩子们的故事里，似乎没有什么内容像我的出生文件里的内容那样，是无伤大雅或是微不足道的。

区别还在于，哥伦比亚和瑞典在一个要点上有所不同——就是出生地的重要性。在瑞典，所有想要入境的人都会受到非常仔细的检查。而在哥伦比亚，更关键的是出境行为。出生在这个国家的人必须持有一个特别的证明，表明要放弃哥伦比亚国籍——只有这时，才被允许持瑞典护照出境。

而这个证明只是让我在每一次哥伦比亚之行前辗转反侧睡不着觉的众多文件中的一项。围绕着我们的收养事宜和国籍的文件多到几乎数不过来，每个孩子都不一样。我遗失了其中一份文件，孩子们因为某种原因被收了回去、留在了那里——这个噩梦仍然会时时出现。

这一回也是这样。

在亚当消失在安检处的隔离栏后面之前，我问的最后一件事是，他有没有带上他的国籍注销证明。我从他的眼里看到自己是多么啰唆，我知道他和他的弟弟妹妹永远不会明白我这种深深的恐惧——害怕在这里失去他们。

*

当我的飞机从埃尔多拉多机场起飞、陡峭地升上天空穿越云层的时候，我的胃再次翻腾起来。我看见这座超大城市在我身下点亮。成千上万盏灯就像一条起伏的银河，铺展在山间闪烁的无线电杆之间。接着我看见了月亮，以及降临的夜幕。

我闭上眼睛，再一次看到了匆匆离去的马格达。不是在穿越医院的广场，也不是在离开儿童之家，而是在走向雨中的公共汽车。塑料袋打在黄色的裤子上，天空是深紫的颜色。

她要重新回到自己的生活。

亚当和我停在雨中。

与此同时，他要去实施他自己在哥伦比亚的冒险。我要回瑞典的家，回到我的丈夫那里，回到我们另外两个已经成年的孩子那里。回到我自己的妈妈那里和我的工作之中。

## 🌿 安 娜 🌿

### 20:35

　　每天让马特奥上床睡觉耗费了安娜最后的力气。吃完晚饭，他们上楼去他的房间。她给他洗澡，给他讲故事，回答他关于夜晚、动物和他的姐姐们的问题。这段时间他一面再再而三地问他为什么不能也成为一个女孩，他很想穿着她们穿不下的睡衣睡觉。

　　安娜尽可能认真地回答所有的问题，可是他越来越难以满足了。这时她就乱编一些答案。她为撒谎感到惭愧，但是他总得睡觉。她无法知道所有他希望她知道的东西，她已经很累了。她总得回自己家吧。

　　她坐到他的床边，把他的脑袋放在自己膝盖上，念起了祷告文。她一遍又一遍轻声念着那些关于耶稣和玛利亚、关于上帝天父的巨大仁慈的美妙文字。她轻抚他的头发，双手感觉到他放松下来，进入了梦乡，缓缓地离开了她。

　　下楼的时候，她总是会产生同样的感觉：这栋诡计多端的房子躯壳在她身后合上了嘴巴，它像一头动物一样在楼上醒过来，在那些关上的卧室门背后醒过来。她把马特奥留在了一个无人保护的境地。

\*

每天晚上她等车的时候,天都黑了。但是她不害怕。夫人仍然希望她每天晚上别回家了。她希望她住在他们家里,为了他们,住在厨房后面的房间里,她希望安娜不用赶这么长的路,不用去面对这危险的城市。

但是安娜却想从这栋房子里出去。她必须回家。每天晚上她想回自己的家。让她感到恐惧的不是黑暗的夜色,相反,她害怕的是这栋大房子和那个狭小的房间。尽管这个房间刚刚油漆过,很漂亮,有一张柔软的床和干净的枕头,甚至还有一扇面朝马路的小窗,但她仍然害怕走进那个房间,害怕躺到那张床上,永远被困在那里。

相反,她想脱掉那条口袋里装着所有钥匙的围裙,想把它挂到那些装抹布和洗涤剂的桶上方的钩子上去。她想穿上自己的大衣,想每天晚上打开大门,让它在身后关上,独自离开这不属于她的房子、家和孩子。

她想在夜晚的空气中沿着人行道走,感觉那栋房子慢慢地把她释放。她想一直走不回头,想一个人站在街角等公共汽车。

夜色中,她梦想着有一天卢拉会加班到跟她一样晚,会跟她同时下班,她们可以在夜色中结伴回家。

然而这是一个梦,它从没有发生过。卢拉不是保姆,她受雇于儿童之家,每天五点下班。安娜甚至不知道卢拉的家在哪个方向。

\*

在车站上,安娜成了下班回家的人们中的一员。那里没有人知道,当她想到"她在回家路上"这句话时,仍然感到有点窘,并且想笑。

她?

不过她仍然拥有一个带着灶台、水槽和一张床的房间。那是她的房间。那里有她的东西,她希望每天晚上回到那里去。

那样的话它就是一个家吧?

她扣好扣子,感觉山间凌厉的寒意在一栋栋房子间下沉。城市在黑夜中慢慢关闭。

车来的时候,高峰时段的拥挤早已不见。安娜坐到车厢中部的位子上,靠近下客门。她在那里既可以看窗外,也可以听其他乘客在说什么。其他人聊的日常琐事能让那栋房子、那家人、儿童之家和修道院统统消失。成为其他人中的一员,成为一个在某个街角上车、过一会儿下车、在走向自己家门的路上要经过那家一直开到半夜的便利店的人——这让她感到很踏实。

在便利店里,在她的地盘上,她是所有其他女人中的一员。她们下了车,买四分之一段面包和几根香蕉做第二天的早餐,跟收银台后面的那个老头——有时候是他可爱的女儿——友好地聊上几句。

她,安娜,是所有那些互相打招呼、道晚安的人中的一员,当她拎着袋子走出便利店、在两条马路开外的地方打开自己家的门的时候,没有人会那么仔细地去审视她。

在那里,她走进一间黑暗寒冷的屋子。当她打开顶灯的时候,出现了一张铺好的床,上面有一条带着漂亮图案的羊毛毯,散发着清新和干净的气息。

床的旁边放着那张磨损的桌子，上面摆着她早晨喝完茶的杯子。一件斑点衬衫在窗边的衣架上晾干了，一棵很大的黄色槿树占据了窗台上越来越大的地方。

她像照顾孩子一样照顾那棵槿树。这棵树跟着她离开修道院的院子，先是在她打包行李那天像一根偷来的小插枝被装在一个袋子里带去了家政学校，然后像一棵缓慢生长的枯瘦的植物。先是来到第一家的厨房里，然后又来到第二家的厨房——直到她把它摆到这扇大窗户的光亮之中。

是她和这棵黄色的槿树一起住在这里，他们俩一起来到了这里。

这个房间里的一切都是她的，她依次看着这些东西，每天晚上都要把它们数一遍。她对所有一切都是那么熟悉，知道每一件东西都是她的，因为如此，她存在于那里。

脱掉大衣之前她把门锁好，装上安全扣。她知道如果有人要进来的话，她必须起身走到门口，把安全扣解开。

但这只有在她愿意的情况下才会发生，她不愿意的话，可以不这么做。

回家听起来可能是件很简单的事。可是完成这件事却花了那么长的时间。

\*

安娜脱下她的大衣，把面包和水果放到桌子上，脱掉鞋子。脚肿了，手有点干裂，但这很平常。很快她要去洗漱，然后给自己抹上那种闻起来除了有点像香皂之外没有别的味道的雪花膏。她不喜欢夫人在浴室里抹的那种浓稠的加了香味的雪花膏。

她抬起头去看床上方的架子，那上面摆着马特奥的第一双鞋子。这双鞋是那么小，很难相信他曾经是那么小。

鞋子旁边摆着他的照片。

有一次安娜从茶几上随意摆放的一堆照片中拿了一张。没有人注意到她拿了一张，也没有人想起这张照片。

照片上马特奥在笑。她知道他是在冲她笑，因为举着照相机的人是她。

夫人经常说，安娜应该给孩子们多拍点照片。"安娜做出来的相册那么好看。"安娜照着夫人的意思做了，但是却暗自想，好看的是那些照片，是那些她慢慢地学着用先生的照相机拍下的照片。而相册本身并没有什么特别的。

马特奥在架子上冲她笑。相框是她在家乐福买的，它的后面有一个小小的支架，好让它能够稳稳地立在那双鞋子旁边。她从家务费中拿钱买了它，把它装在大衣口袋里带回了家。

无论她在房间的什么地方，他都能看见她。她也能看见他。照片和鞋子的旁边放着一支蜡烛和一个小小的十字架。有时她会在旁边放上一朵黄色的槿花，星期天的时候她会点上香。

她走到盥洗池那里，接了一池温水。接水的时候，她做了祷告，并且听到马特奥在跟她呢喃着什么。他那细细的声音就像一圈光围绕着每一个字。

然后她打了个哈欠，说洗个脚应该会很舒服。

然后她转过头去，看着架子上的他。

"晚安我的孩子，我们明天见。"

## 波哥大—斯德哥尔摩

2014 年

当机舱里的灯熄灭，我周围所有的人都睡着了的时候，我又生出了那种感觉：我合上了我们这一代人的故事，合上了波哥大的故事，合上了整个故事。跟我们——马格达和我——有关的一切，现在全都过去了。我们互相见了面，知道彼此的存在就够了。至于怎样见的、为什么见这些细节，就不那么重要了。还有这里或那里长得像，哪个兄弟是同母异父或是同父同母的，也不那么重要了。马格达那隐秘的阵痛终于过去了，就如同我那尘封的幻肢痛一样。今天是属于我们的孩子们的。他们已经长大，找到了对方，他们中没有人抛弃谁，也没有人收养谁。

他们被生了下来，他们就是这样。在他们之间，一切都是本该有的样子。

在大西洋中央上空，在我睡着之前，我看了看在波哥大会面时拍的照片。现在我看到了亚当的笑容。他笑得如此开怀，如此温暖。我看到了他们——他们兄弟——长得是如此像。我还看到了这难以置信的一幕——我坐在她的旁边，这是我多年来一直梦到的场景。

我感觉现在当我知道了她的样子、知道了是怎么回事之后，那种紧张的气氛便被释放了，仿佛所有那些我不知道的事情——那些在这座城市下面的镜子之城里隐匿得如此之深、如此古老、如此遥不可及、如此神秘、如此不确定的事情——都在我自己的时间里出现和诞生了。

\*

第二天早晨，在巴黎机场的登机口，终于有瑞典人来了。我认出了我们。我当然想知道，两个月后当亚当回家的时候会是什么样子。到时他会有什么感受？他能认出他自己吗？他会觉得自己是在回家还是离开了家？

不管怎样，我是在回家，在离开马格达，离开她蜜桃般的皮肤和黄色的裤子，离开她的声音和目光。她的一只眼睛笑起来比另一只要眯得厉害。亚当微笑时眼睛不是这样的。他有一个酒窝。她和他的兄弟们都没有。他的肤色也跟他们不同。另外他的个子比他们所有人都要高。

他像他们，但是他也像我们。

\*

当我终于在斯德哥尔摩落地、终于回到家的时候，我什么都不想做。不想出门，不想说话，不想讲述，不想遇到我丈夫和孩子以外的任何人。我打开窗子，听大山雀、蓝山雀和乌鸫在那里歌唱，告诉我这是在家里，这里又是我们的地方了。

跟马格达的会面也无法用语言来形容。无法用三言两语解释，不是线性的，往往离不开眼泪。言语不是太短就是太长，不是太笨重就是太单薄。我就像一只蛹一样，把我所经历的这些全都背负在心里。

## 斯德哥尔摩

2014 年

"他们正在弄那个盘子。"

妈妈忘了我出门这件事。我给她打电话的时候,她又处在很兴奋的状态,这我能听出来,但要知道她所说的"他们"是谁,却有一点难。有时候她指的是家政服务员,有时候是我们兄弟姐妹,有时候是她梦里或是过去的某些人。

一个人的妈妈变得衰老和健忘是一件很奇怪的事。以前也有过很多次,但我似乎还没有习惯。我听到其他人说幸福和悲伤是什么感觉,他们的故事进入我的心里,不知不觉地占据了位置,就像真理和现实一样——比如"悲伤"、"幸福"或是生活所包含的其他状况,那些我们似乎想要彼此讲述的真理和现实。

可是,当我自己身处其中,感觉幸福、悲伤或是其他某种心境时,我会变得同样惊讶,或者说是失望。是不是就是这样?他们说的是这种感觉吗?他们指的就是这个吗?

比如爸爸去世的时候就是这样。过去了很久,然后那种"啊哈"的感觉才悄悄上来——原来这就是其他人说的意思。悲伤原来就是这种感觉。

当我第一次注意到妈妈变老的时候也是这样。一开始似乎只是灰色、沉重和孤独。很长时间一直就是这样——灰色、沉重、孤独。我听其他人讲到衰老的父母,混乱、痴呆,所有这些故事都是另外一回事。在我妈妈身上只有灰色、沉重和让人绝望的孤独。

\*

妈妈说的盘子是一只抛光的瓷盘,放在她家厨房的台子上。我们小的时候,它经常摆在餐桌中央,里面盛着水果。它当然很贵重,但并非独一无二到会有成群结队的人来看它。压根儿不会有很多人去她家,只有家政服务员、护士以及我们这些孩子和孙辈有时会去。

去那里的时候,我会试着做些过去的好吃的饭菜给她吃,但是这很难。所有东西都太硬,她很难咬断、咀嚼和吞咽。所以她的体重只有以前的一半。

跟她聊天和回忆往事也很难。她记得的东西跟我记得的完全两样,通常是我出生以前的事情。有时她会盯着我,问我她做这些事情的时候我在哪里。

"那时我还没有出生。"我说。

这时她会看着我,仿佛我脑子有点不正常。那种感觉是一种无尽的孤独。

她好像一点也没注意到我出了好久的远门,这也让我感到很孤独。我想把波哥大以及整个旅行都倾吐出来,可是她的思维却卡在了那只盘子上。

"这会儿他们正在厨房里谈论它呢。"她说。

"哪些人?"我说。波哥大的故事被抛在了一旁。

"我不是很清楚,是几位女士,她们也许走错了,但她们说这个盘子很贵重,要我当心一点。"

"可它就是摆在那里,我们早就不往里面装东西了。"

"你觉得它是斯蒂格·林德贝里①的作品吗?"她问。

"肯定是。"我说。因为我知道她希望是这样。

"爸爸的店里有这个盘子。"她说。

我说"嗯嗯",眼前浮现出那家商店的样子,仿佛我这辈子见过它一样。我从来没去过那里。外公活着的时候开了一家商店,但只有我的哥哥姐姐们赶上去过那里,跟他一起站在柜台后面用棕色的小袋子称糖果,真正地玩做生意的游戏。但我没有去过。

妈妈说话的空隙很长,使得我可以久久地沉浸在那个老商店里。我还有时间去想一想,我眼前浮现出的这家店的景象,跟现实中的它是不是一样。这个我以前从未想过。只要妈妈像平常一样,我就没有理由去质疑我心中某个跟她过去有关的图像是不是真实。

可是现在,一切都漂移了。

那家商店正在瓦解,我对它一无所知,没有照片也没有人真正告诉过我它是什么样子的。我眼前浮现出的它的图像,就跟外公的图像,以及妈妈在遇到爸爸之前订婚的那个男人的图像一样,肯定都是错的。那个男人的脸完全是我想象出来的,我甚至都不知道他的肤色是浅色的还是深色的。

就在妈妈摸索着那只盘子的记忆时,我注意到所有那些我这辈子不知不觉进入并遵循的故事——它们构成了我

---

① 斯蒂格·林德贝里(Stig Lindberg,1926—1983),瑞典建筑学家。

的童年本身——都是错的。这是我从没料到的,而我发现这个,仅仅因为妈妈变老了。

*

每次我跟妈妈说再见、从她家出来的时候,她都会在窗口跟我挥手。我们小时候就这样,现在她还这样。不过现在看起来显小的是她,而马路却在这么多年里变宽了很多。到处都是人和车流在那里蜿蜒,而以前这里很安静,车辆很少。

每当我去看她,我们会去公寓外面散一小会儿步,这是她生活中仅剩的活动——这时她仿佛没有看到发生的那些变化。对她来说,我们仍然按照老的路线在散步,时间停留在了过去的某一刻。

对我来说,"家"这个概念在波哥大的那个夜晚被彻底改变了。那天我正抱着亚当在旅馆房间里走来走去,走过了开着的电视机面前。我已经知道了发生在瑞典的轰动新闻——有人用一个激光瞄准器开枪射击。但当时我正在离家很远的地方,正忙于成为母亲。

而就在那一刻,我在新闻里听到了更多消息——被射杀的人是移民。一开始我以为我听错了,当电视镜头离开波哥大的新闻演播室,出现了多雪的斯德哥尔摩的画面,我一屁股坐到了椅子上,觉得我还是看错了。

电视里出现的画面来自樱桃大街,正对着我们住的公寓,正对着我们家,那个我长大的地方。在全球的新闻提要中滚动着的,是我们的街道,我们的家,此刻雪里带着血迹,警察拉起了犯罪现场的警戒带。

亚当醒着，在留意观察，就像所有婴儿一样，经常会在夜里醒一会儿。他用他那深邃的深色眼睛寻找着我。在我们四周，在这座地球另一端的超大城市里，正是宁静的夜晚。

电视镜头再次对准了雪里的血迹。一名记者戴着围巾、穿着过于单薄的外套站在镜头前，看上去瑟瑟发抖。这时我突然看出了是怎么回事——这些画面不符合我对家乡的理解。公寓、马路、整座城市，甚至是每个夏天我们玩的那片沙滩——所有这一切都升腾起来，像洪水一般泛滥。

我发现自己被那些我没有意识到的，关于自己、关于我的房子、我的家人和我的祖国的图像和想法包围了。或者更确切地说，我背负了大量的——数以吨计的——旧的想法，这些旧的想法不知不觉中不断地在我眼前上演，我只是接受了它们。我甚至都不知道它们的上演，迄今为止，我只是把这一切接受为"我"和"我的"，接受为我所属的"现实"。

我看着电视屏幕，当镜头扫到下一个画面，我甚至看到了妈妈家的厨房窗帘，看到了所有那些熟悉的东西。整条街、灰色的天空、飘着的雨雪、整个家，可我却认不出自己。我不再属于那里，我再也回不去了，一直以来我心中的那个家，再也不会是原来的样子了。

亚当呜咽了几声，在我怀里动了动。那位记者将目光转向镜头，追问着在瑞典这个田园牧歌般的地方，会是谁想要杀死那些黑色头发的人。

\*

我想念我妈妈以前的样子。还有现在，她说那只盘子时的样子。它应该没什么特别的吧？当年里面盛着水果，有的烂掉了；有时候这只盘子会落到一堆报纸和旧邮件的下面。

可是现在，这只盘子占据了她整个人，我必须让自己对现在的她感兴趣，对她所担心的事情感兴趣，比如她觉得，屋子里太热了。

她喘着气，仿佛热得出了汗。

这时我想到了那片也没有保留下来的我们的沙滩。嗯，它保留了下来，但是对我们来说，它已经不在了，因为我们的房子在爸爸去世的时候卖掉了。

在那温暖明亮的沙滩上，既不存在离家的画面，也不存在家里的画面；不存在关于悲伤或幸福、过去或未来的想象。除了沙滩，它什么也不是。我可以想走多远就走多远，沙滩就只是沙滩而已。一切仍然是以前的样子，没有被动过：西海岸的阳光，辛坦溪——这条溪的名字总是会被我们这些孩子笑话——潺潺的入海口，升起的沙丘，墨角藻的气味，还有海鸥在水面上的猎食。

所有一切都只是——沙滩。

我可以随时随刻感觉到在那里走了很久之后头发上黏糊糊的湿气，那是大海粘在一个人身上的湿气。

可是这些却很难跟别人讲述。我应该从来都没有告诉过别人那片沙滩存在于我的心里，我自己也不确切知道我是怎么去到那里的，或者说我怎么就突然到了那里。有时候我的孩子或我的哥哥姐姐也在那里，他们有着不同的年纪。我看见他们在远处做游戏，我完全不知道记忆怎么可以在同一个画面里转换时间和视角。

然后我突然就一个人了，我爬上沙丘，海风是吹不到那里的，披碱草和藿香的气息混杂着海水的咸味。那里的空气更稠、沙子更重，如果我一动不动地站在那里，沙蛉虫就会爬上我的双脚。

*

"太奇怪了，"妈妈说，"厨房里摆着的这只盘子跟爸爸店里的是同一只，那些女士总是来我这里。她们应该是走错了，她们肯定是要去爸爸那里。那是爸爸的盘子，我们得看好了，别让她们来把它拿走。"

其实我并不知道她这里指的是哪个爸爸，是她的爸爸还是我的爸爸。

沙滩不见了。波哥大也不见了。

她在听筒里大声地呼吸。什么原因我不知道。吸气、吐气、吸气。然后又是一片安静。

我朝我的门厅看去。那里铺着外婆的另一块碎布地毯。洗它的时候我非常小心，以防把它洗破了。随后家政服务员突然带着盒饭来了，在妈妈的门厅里喊着"你好"。我们挂断了电话。

显示屏上亮着"妈妈"这两个字，然后屏保启动，屏幕熄灭。这时我闭上眼睛，把她那细得像鸟爪子一般的手握到我的手里，拉着她去那片沙滩。

*

在那里，太阳正在下山，我们终于回来了。一切都很安静、很遥远。最后一缕阳光点亮了粼粼的海水。我松开了妈妈的手,在温暖的沙子上走了几步。

当我回过头的时候,她已经不在了。

## 图书在版编目（CIP）数据

把孩子抱回家 /（瑞典）希拉·瑙曼著；徐昕译. —北京：中国国际广播出版社，2020.6（2024.1重印）

（北欧文学译丛）
ISBN 978-7-5078-4695-9

Ⅰ.①把… Ⅱ.①希…②徐… Ⅲ.①长篇小说－瑞典－现代 Ⅳ.①I532.45

中国版本图书馆CIP数据核字（2020）第091795号

著作权合同登记号 01-2020-1400
Copyright © Cilla Naumann, 2015. First published by Natur & Kultur, Stockholm, Sweden
Published in the Simplified Chinese language by arrangement with the Grayhawk Agency Ldt.
Simplified Chinese Translation Copyright©2020 by China International Radio Press Co., Ltd.
All rights reserved
The cost of this translation was defrayed by a subsidy from the Swedish Arts Council, gratefully acknowledged.

## 把孩子抱回家

| | |
|---|---|
| 出 品 人 | 宇　清 |
| 总 策 划 | 田利平 |
| 策　　划 | 张娟平　凭　林 |
| 著　　者 | ［瑞典］希拉·瑙曼 |
| 译　　者 | 徐　昕 |
| 责任编辑 | 笑学婧 |
| 装帧设计 | Guangfu Design｜张　晖 |
| 校　　对 | 张　娜 |

| | |
|---|---|
| 出版发行 | 中国国际广播出版社有限公司［010-89508207（传真）］ |
| 社　　址 | 北京市丰台区榴乡路88号石榴中心2号楼1701 |
| | 邮编：100079 |
| 印　　刷 | 天津鑫恒彩印刷有限公司 |

| | |
|---|---|
| 开　　本 | 880×1230　1/32 |
| 字　　数 | 100千字 |
| 印　　张 | 7.5 |
| 版　　次 | 2020年7月 北京第一版 |
| 印　　次 | 2024年1月 第三次印刷 |
| 定　　价 | 54.00元 |

版权所有　盗版必究